国际跳棋战术组合

64格巴西规则

杨 永 常忠宪 张 坦 编著

人民体育出版社

前　言

2008 年 10 月继中国成功地举办第 29 届奥运会以后，北京迎来了又一个世界性的大型体育赛事——第一届世界智力运动会。

由国际奥委会和国际智力运动联盟倡导的世界智力运动会是全球性智力运动的综合性赛事，这不仅是体育界的一次创举，也是人类文化与智慧交流、促进和碰撞的一次盛会。智力运动是智慧与艺术的结合，也是文化交融的纽带，看似轻松的对垒却蕴含着无穷的变化和人类文化的精髓。在保持竞技体育精彩对抗的同时，智力运动使"体育"的涵义变得更加广阔、丰富和完整，为体育增添了无穷无尽的魅力。

第一届世界智力运动会设有桥牌、国际象棋、围棋、国际跳棋和象棋 5 个大项、36 个小项，共计产生 36 枚金牌。

桥牌、国际象棋、围棋和象棋是广大群众了解和喜爱的，拥有广泛的群众基础。其中的竞赛项目国际跳棋在中国却鲜为人知。在国际上，国际跳棋有着悠久的历史，和国际象棋一样，在全世界拥有广泛的群众基础，已经发展成为世界上非常流行的一种棋类竞技和娱乐活动。由于国际跳棋与国际象棋有着相似的地方，使它在行棋规则、竞赛制度和管理方面比较完善成熟。

《国际跳棋战术组合》内容主要是 64 格国际跳棋的基础知识和战术组合，通过基本技术的训练，使初学者了解 64 格国际跳棋的行棋规定和各种战术组合，不断地提高棋艺水平，正确步入国际跳棋殿堂。

64 格国际跳棋容易普及和推广，趣味性强，攻杀激烈，战术组合变化无穷，世界上拥有数亿计的爱好者。尤其是有国际象棋基础的爱好者，接触到国际跳棋以后，技术提高得很快。近年来在中国的北京、天津、吉林、上海、广东、山东、山西、湖北、湖南、四川、新疆以及深圳、青岛等地区逐渐普及开来。

在中国成功地举办首届世界智力运动会以后，2009 年 11 月在四川省又举办了第一届全国智力运动会。第一届全国智力运动会的一个显著特点是，它并非纯职业选手参加的比赛，同时也为广大的业余选手提供了表演的舞台，促进了国际跳棋项目在中国的快速发展。虽然我国多年来没有普及开展这个项目，但是，聪颖智慧的中国人一定会在很短的时间内赶上世界先进水平，跻身于国际跳棋项目世界先进水平的行列。

本书内容丰富，从基本技术入门，简单易行，例题数量多而充实，由浅入深。为了配合青少年学习，在 64 格国际跳棋攻杀练习中，分成初级、中级、高级三部分，使学习者循序渐进地提高技战术水平。希望本书能够起到普及 64 格国际跳棋知识进而推动我国 64 格国际跳棋运动发展的作用。

由于中国的国际跳棋项目刚刚起步，技术资料和技术人才奇缺，我们在参考了大量有关资料情况下编著了这本书。由于水平所限，有些方面还不够成熟，书中难免有不足之处，甚至存在很多缺点，诚望广大读者和国际跳棋界的老师们多多指正。在出书过程中，得到了海德新老师的大力支持和帮助，在这里特表示衷心的感谢。

编著者

2010 年 10 月

作 者 简 介

　　杨　永　蒙古回国华侨，酷爱国际跳棋并有很高的技术水平，年轻时曾两度获得蒙古国家大师级比赛冠军。20世纪70年代回到中国后，他倾尽心血致力于国际跳棋的推广普及工作，在基层单位和中、小学校开发了很多教学点，积极宣传国际跳棋。曾经培养了马大翔、常忠宪等教练以及一批有前途的小棋手。与张坦、常忠宪合作，2007年7月编写了首届国际跳棋教练员、裁判员培训教材，2008年5月编著出版了国际跳棋100格普及教材《怎样下国际跳棋》（上下册）。

　　常忠宪　北京市棋协委员，宣武区少年宫国际象棋教师。从事国际象棋教学工作近二十年，培养的学生多次在全国及市级比赛中获奖。1979年开始向杨永老师学习国际跳棋，1986年在北京市"星火杯"国际跳棋比赛中获第三名，2007年在首届全国国际跳棋选拔赛北方赛区比赛中获得第一名。与杨永、张坦合作，2007年7月编写了首届国际跳棋教练员、裁判员培训教材，2008年5月编著出版了国际跳棋100格普及教材《怎样下国际跳棋》（上下册）。

　　张　坦　中国国际跳棋协会副秘书长。在体育界从事管理工作二十多年。曾在北京棋院工作，任北京棋队领队，积极支持国际跳棋项目，结识了一批积极普及国际跳棋的代表人物，收集整理了部分宝贵资料。后调国家体委四司棋类办公室和国家体育总局棋牌运动管理中心分管国际跳棋项目。与杨永、常忠宪合作，2007年7月编写了首届国际跳棋教练员、裁判员培训教材，2008年5月编著出版了国际跳棋100格普及教材《怎样下国际跳棋》（上下册）。

目　录

巴西规则与俄罗斯规则的不同 ································ （ 1 ）

巴西规则初级战术组合练习题 ···························· （ 2 ）

巴西规则初级战术组合练习题答案 ················ （60）

巴西规则中级战术组合练习题 ·························· （74）

巴西规则中级战术组合练习题答案 ················ （139）

巴西规则高级战术组合练习题 ·························· （161）

巴西规则高级战术组合练习题答案 ················ （174）

巴西规则与俄罗斯规则的不同

1. 如右图所示，按巴西规则规定，只能走 e3×e7；按俄罗斯规则，走 e3×e7 或 e3×g5 均可以。

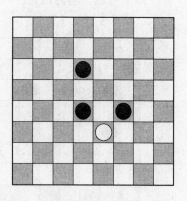

2. 如右图所示：按巴西规则规定，只能走 b6×f6（通过底线不能加冕成王棋）。按俄罗斯规则，可走 b6×f6 或 b6×g5 或 b6×h4，通过底线都加冕成王棋，并在以后按照王棋的走法行棋。

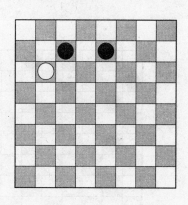

3. 如右图所示：按巴西规则，只能走 b6×d8（到 d8 加冕为王）。按俄罗斯规则，可走 b6×g5 或 b6×h4，通过底线加冕为王棋并继续按照王棋走法行棋。

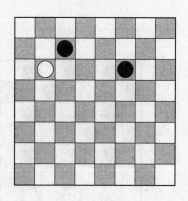

巴西规则初级战术组合练习题

以下习题，均为白先。

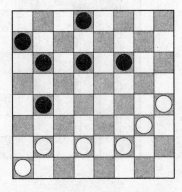

1

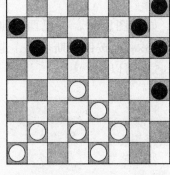

2

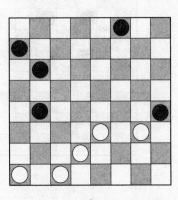

3

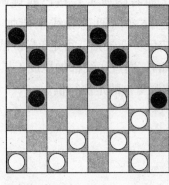

4

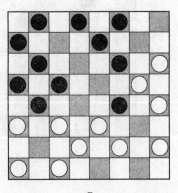

5

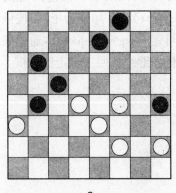

6

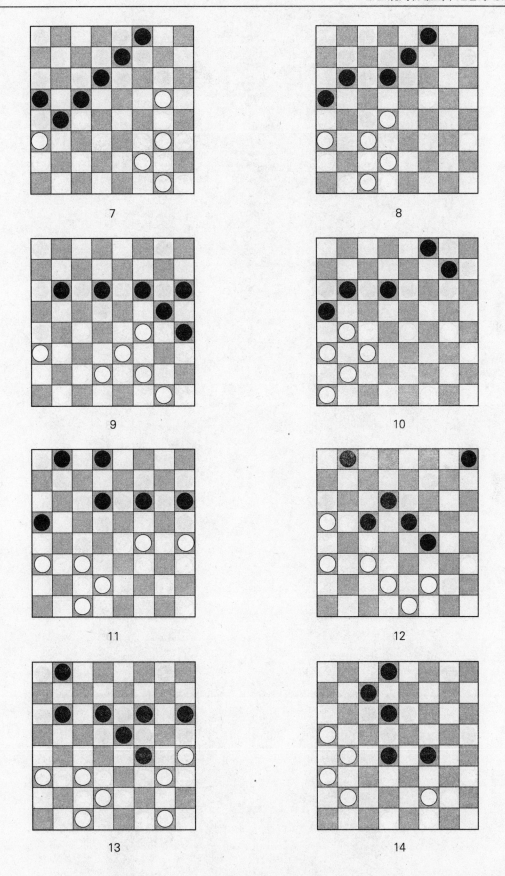

7

8

9

10

11

12

13

14

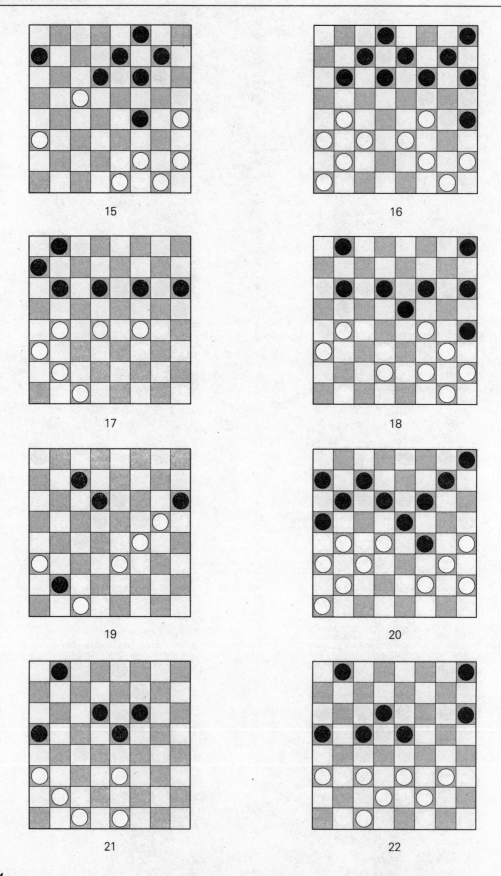

15

16

17

18

19

20

21

22

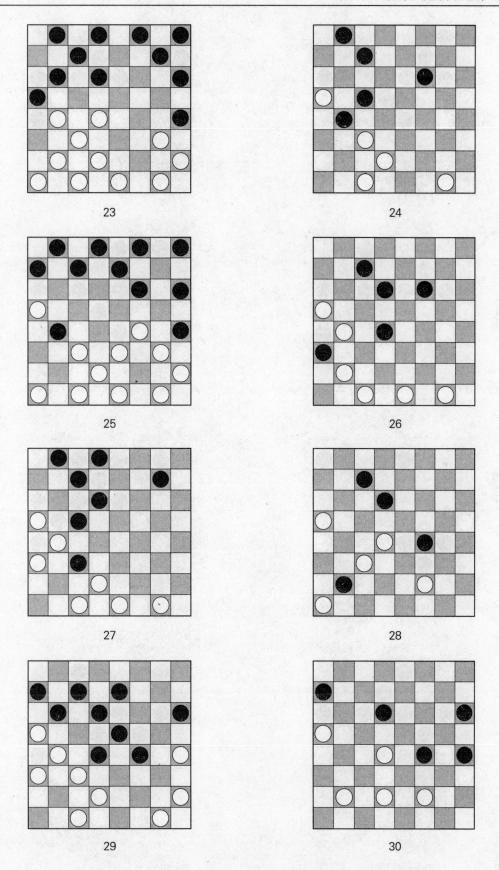

23

24

25

26

27

28

29

30

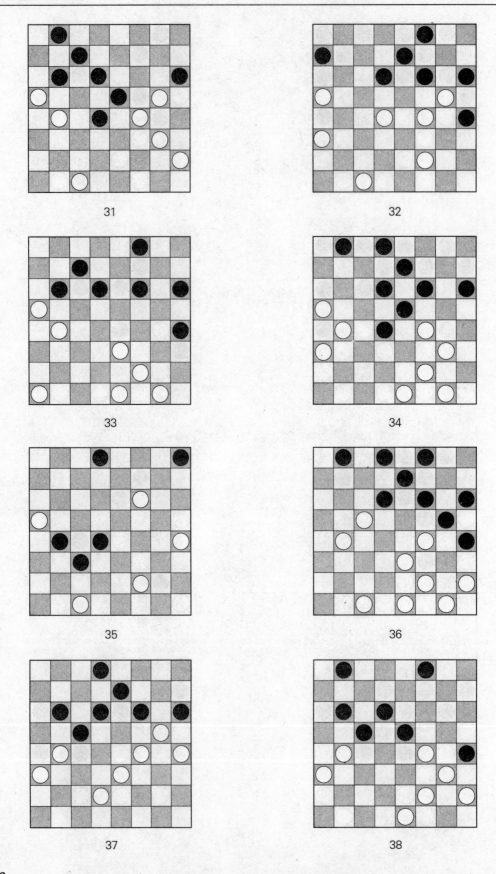

31

32

33

34

35

36

37

38

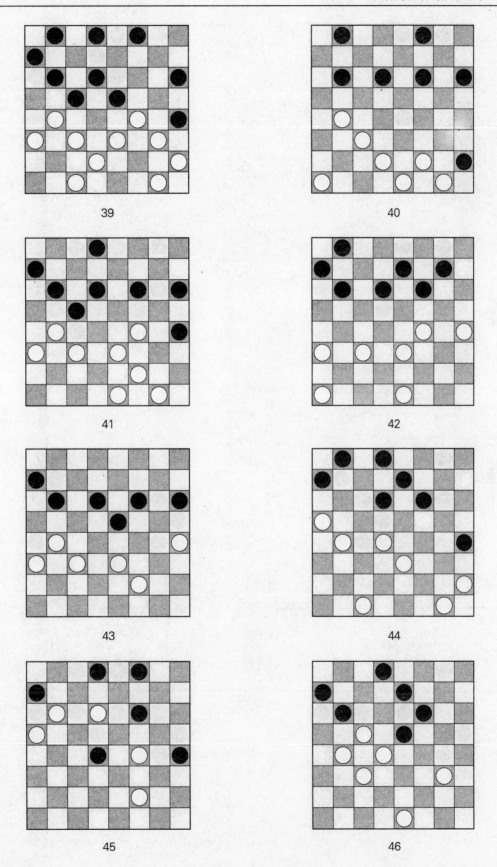

39

40

41

42

43

44

45

46

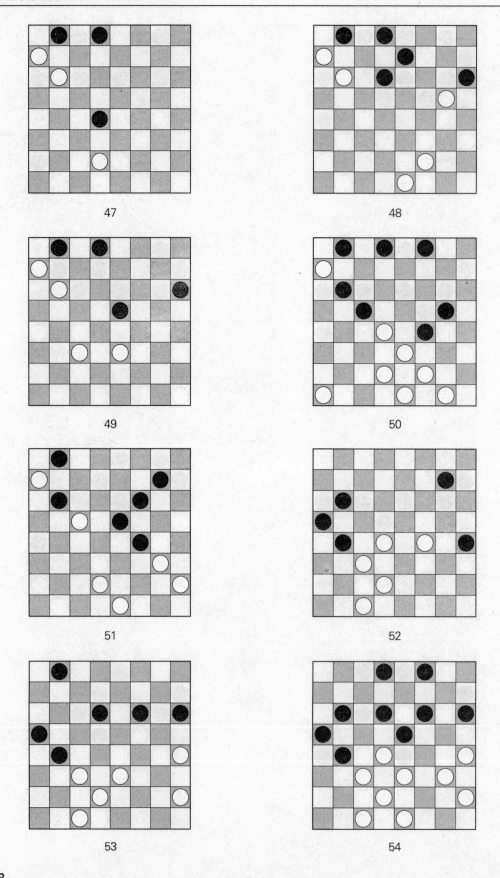

47

48

49

50

51

52

53

54

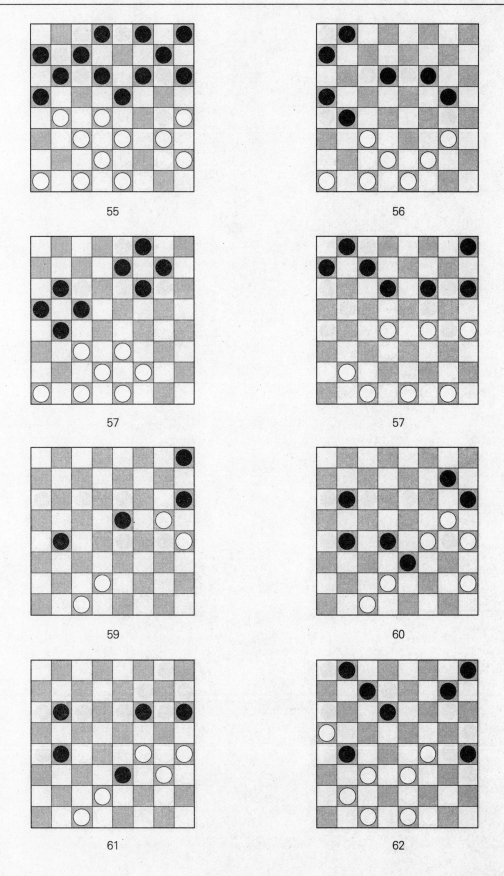

55

56

57

57

59

60

61

62

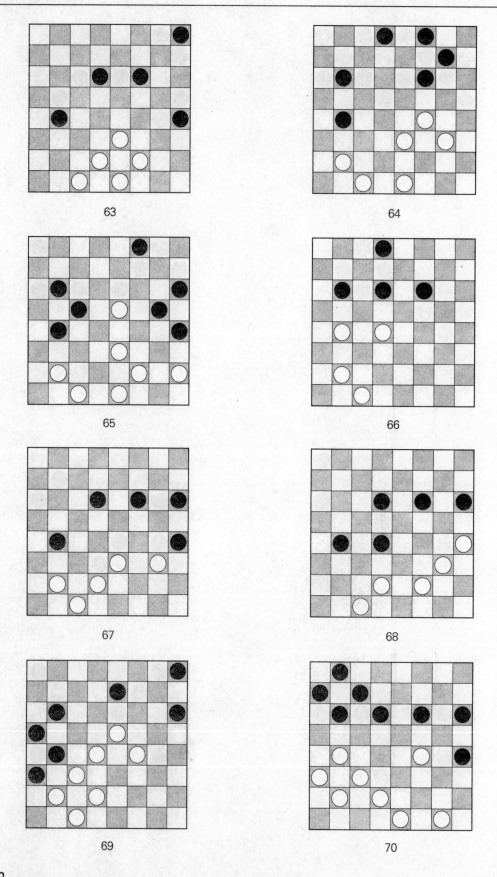

63

64

65

66

67

68

69

70

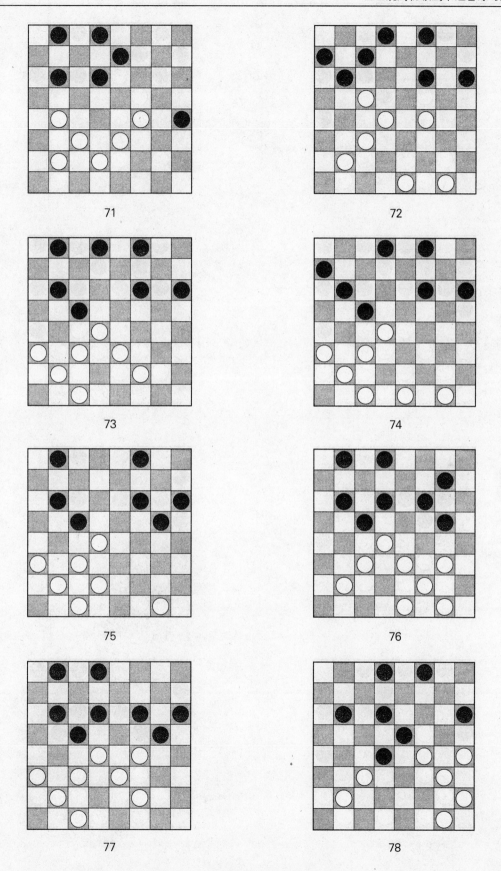

71

72

73

74

75

76

77

78

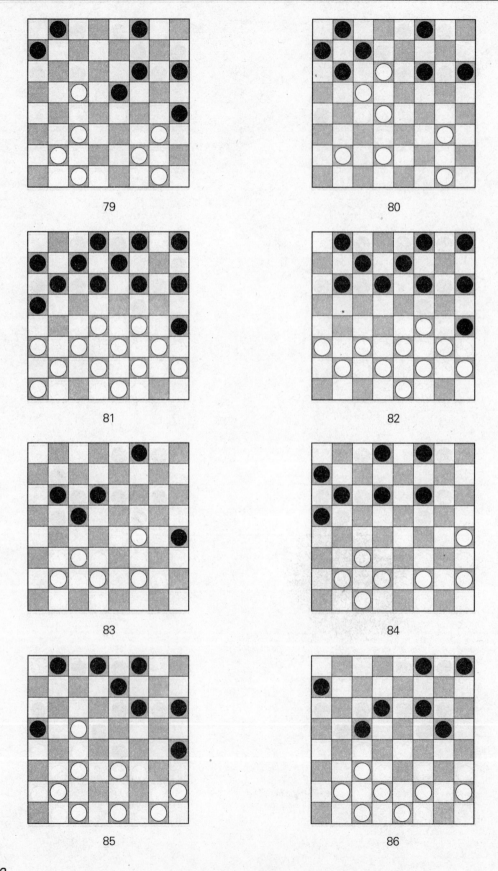

79

80

81

82

83

84

85

86

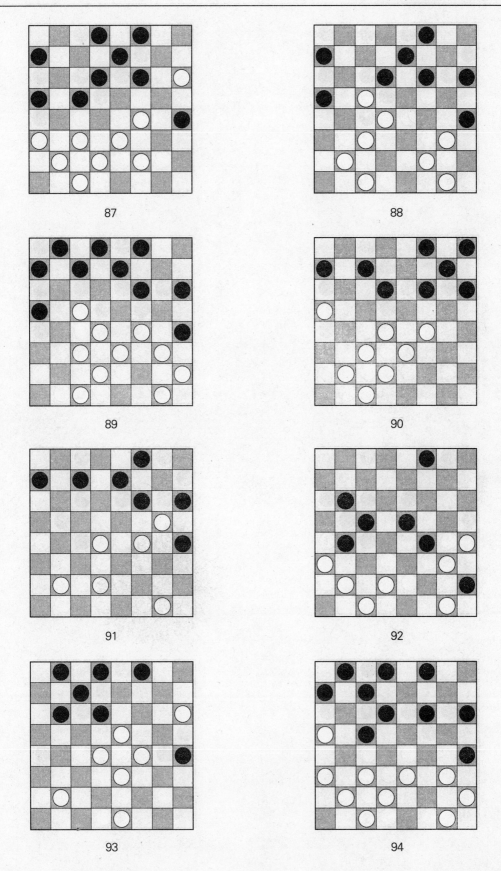

87

88

89

90

91

92

93

94

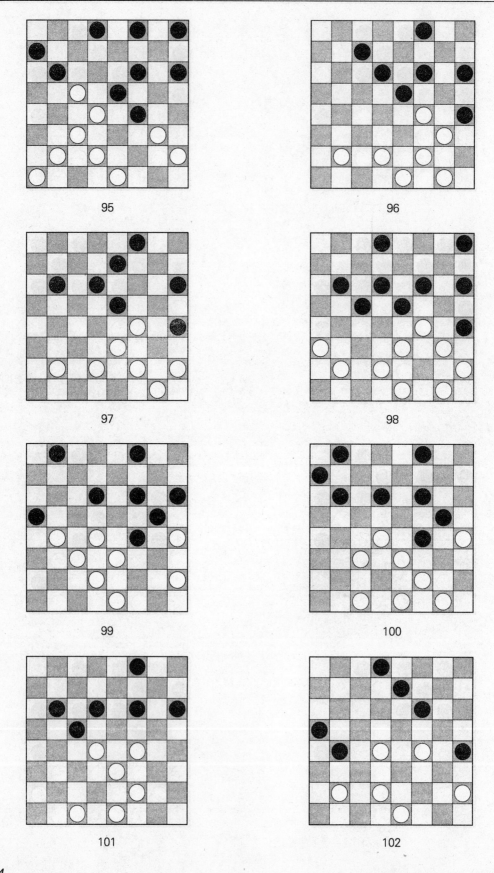

95

96

97

98

99

100

101

102

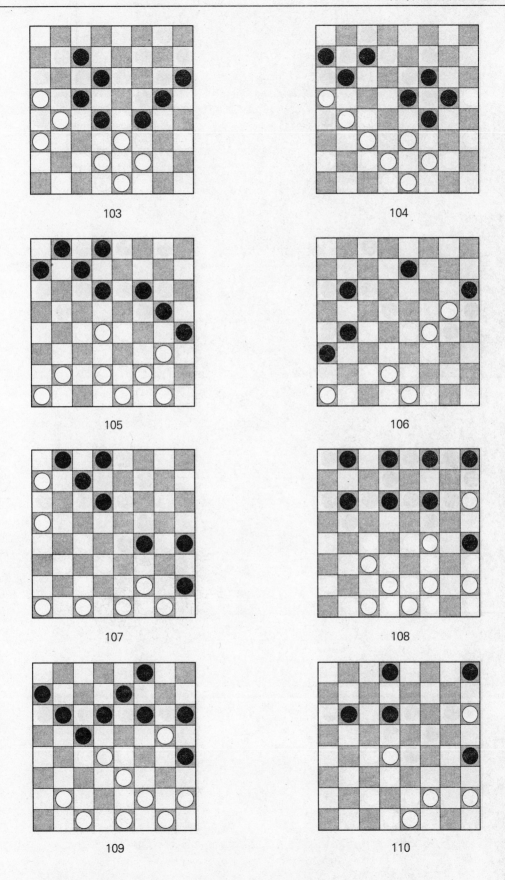

103

104

105

106

107

108

109

110

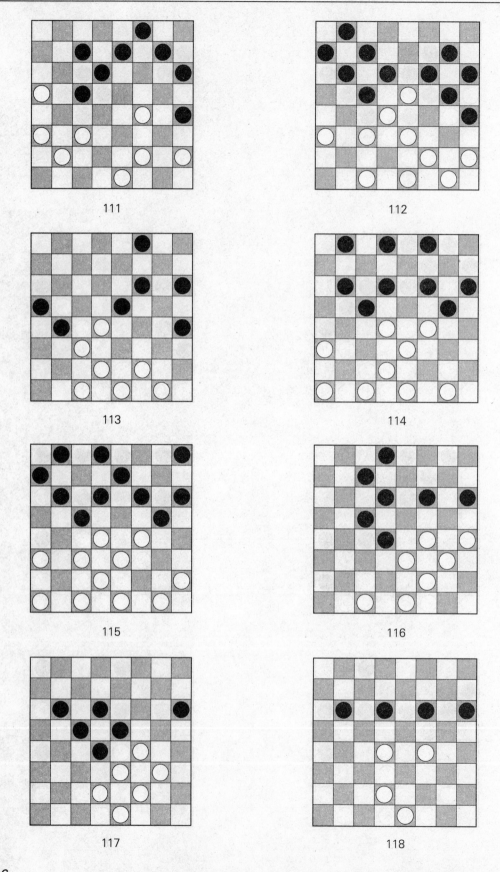

111

112

113

114

115

116

117

118

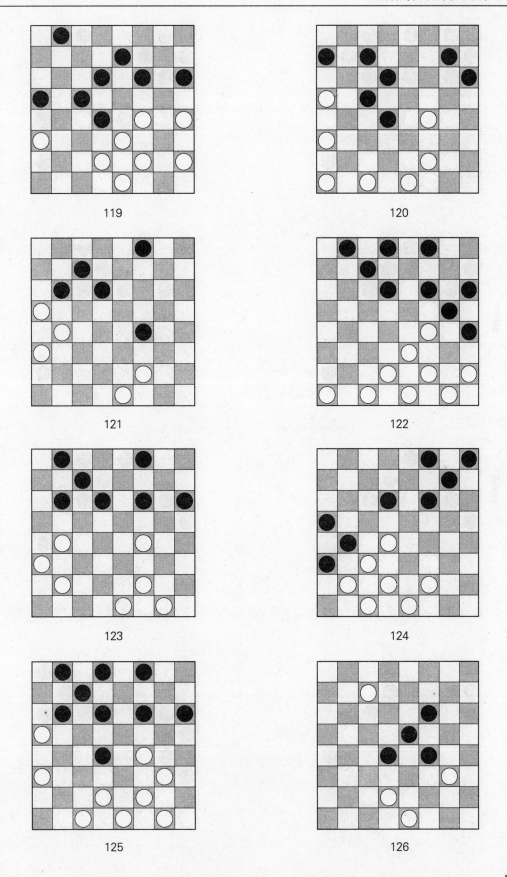

119

120

121

122

123

124

125

126

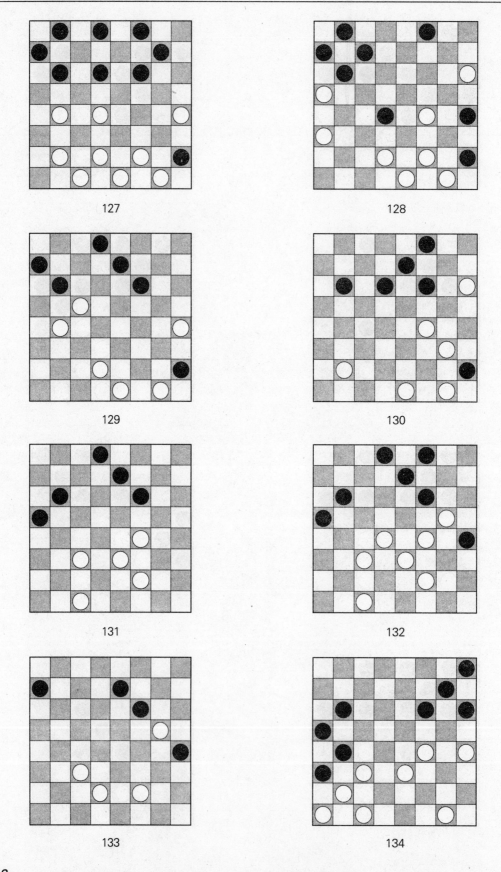

127

128

129

130

131

132

133

134

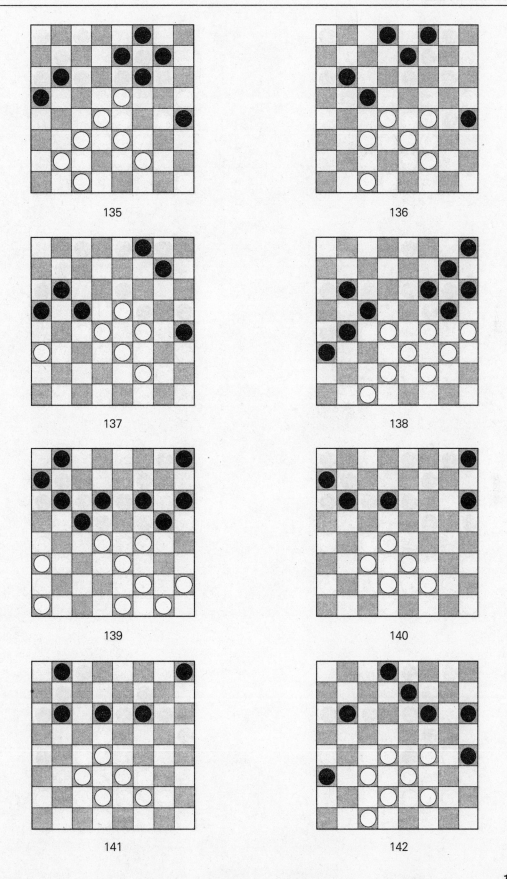

135

136

137

138

139

140

141

142

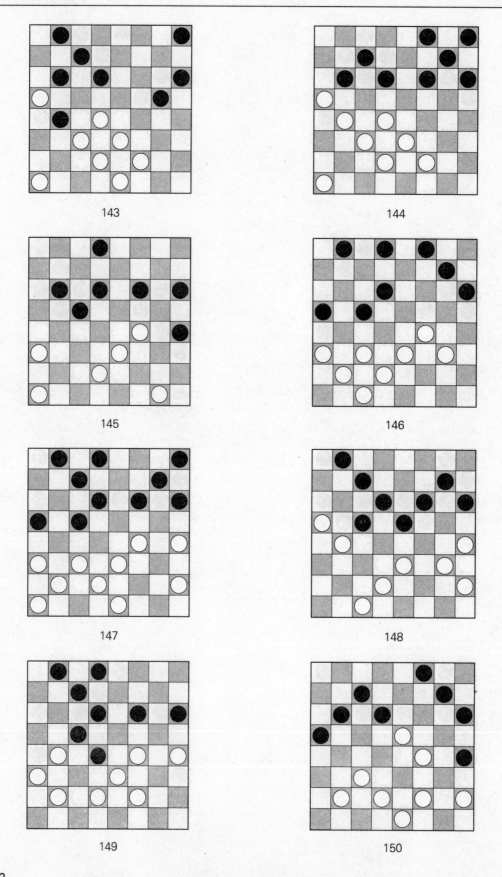

143

144

145

146

147

148

149

150

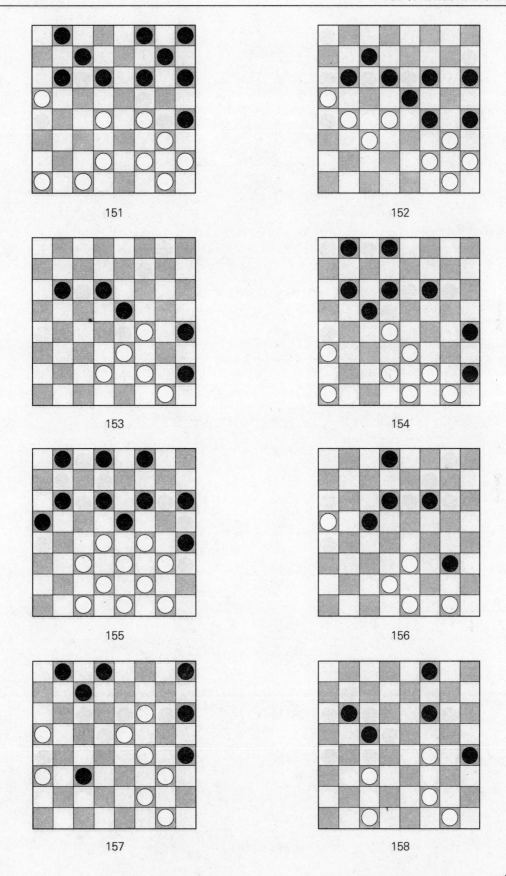

151

152

153

154

155

156

157

158

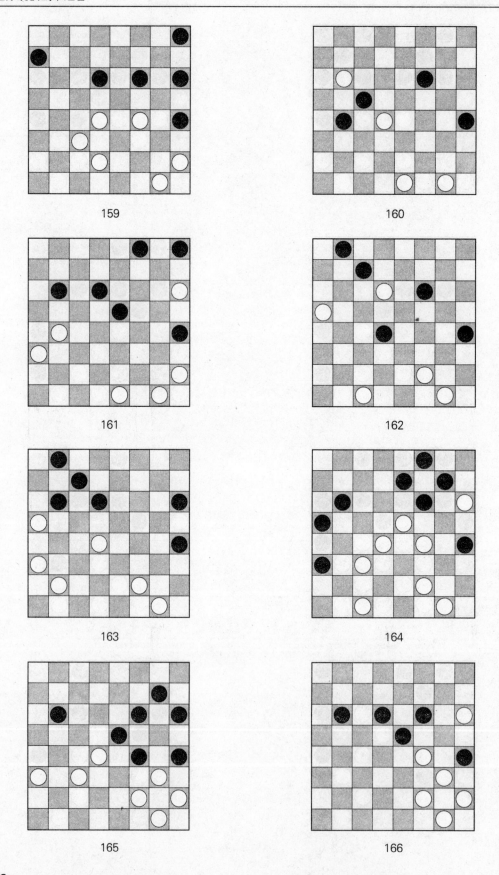

159

160

161

162

163

164

165

166

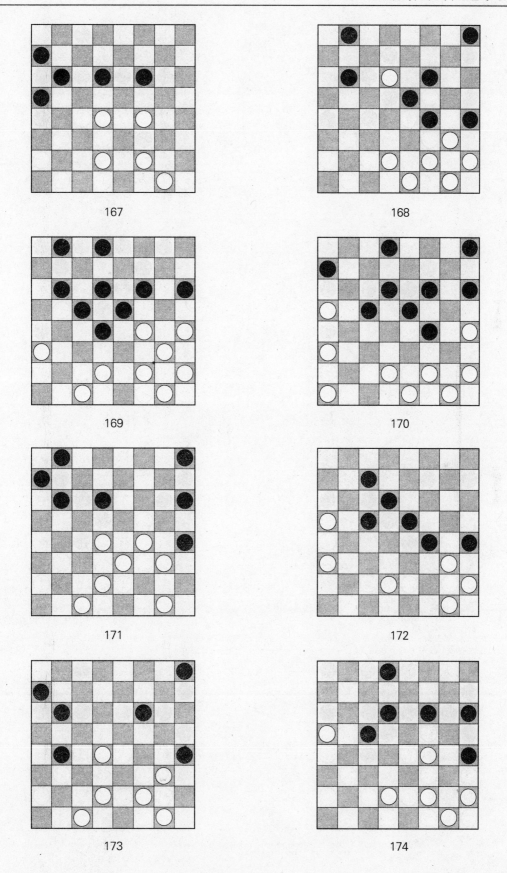

167

168

169

170

171

172

173

174

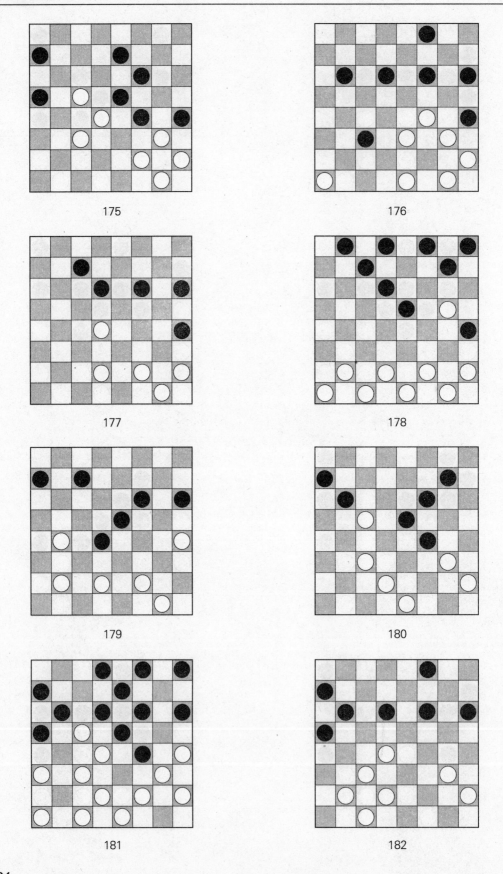

175

176

177

178

179

180

181

182

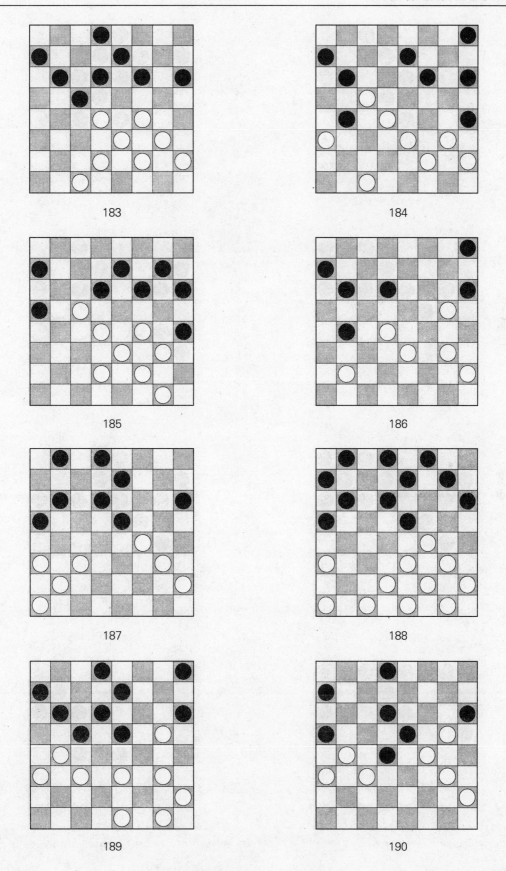

183

184

185

186

187

188

189

190

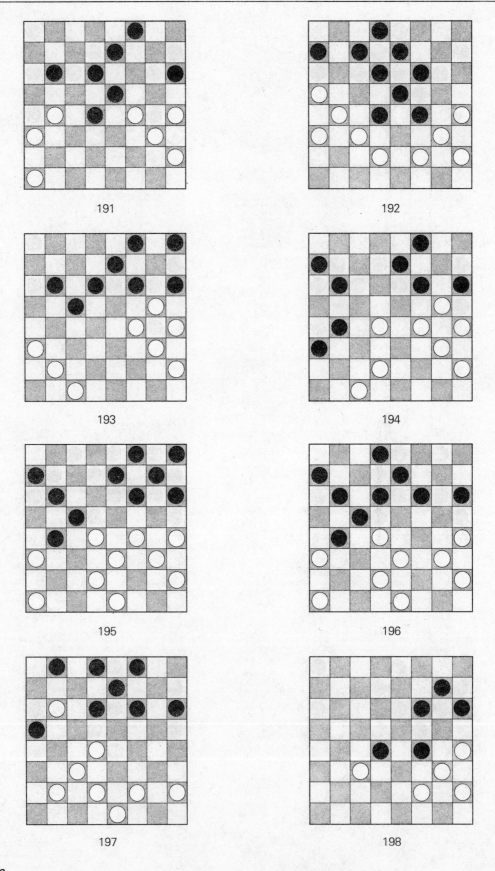

191

192

193

194

195

196

197

198

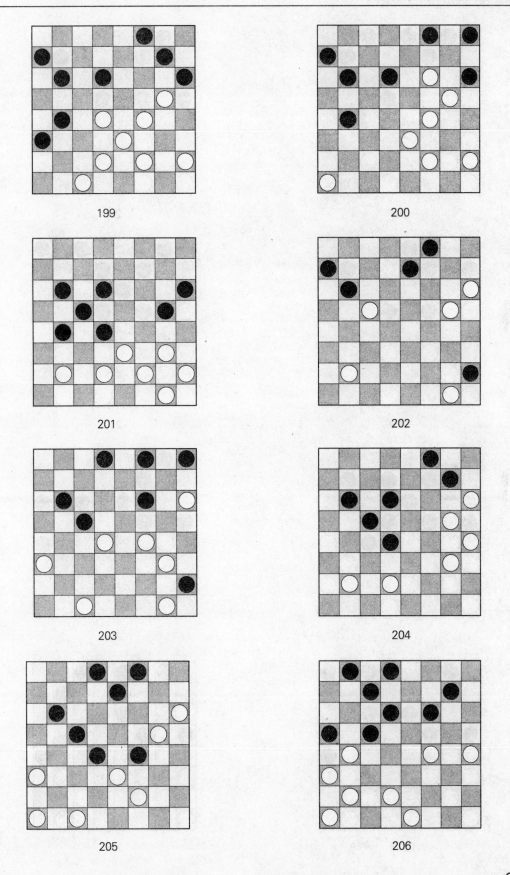

199

200

201

202

203

204

205

206

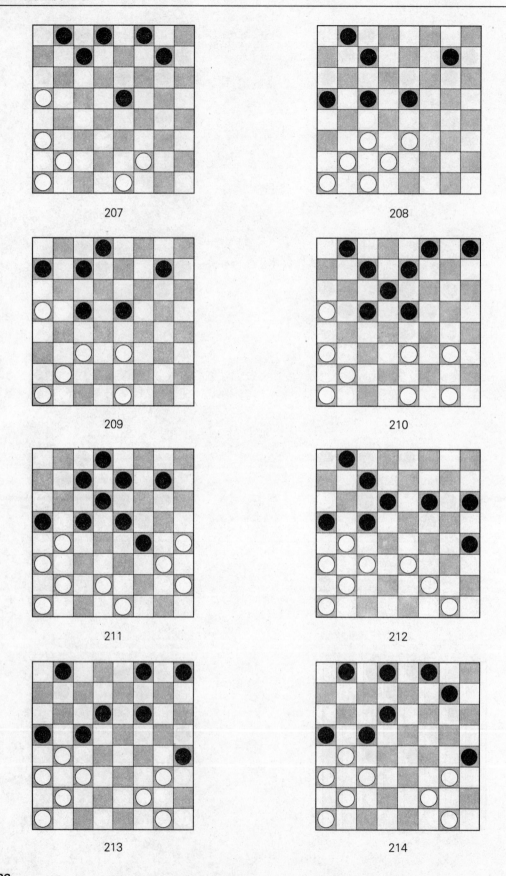

207

208

209

210

211

212

213

214

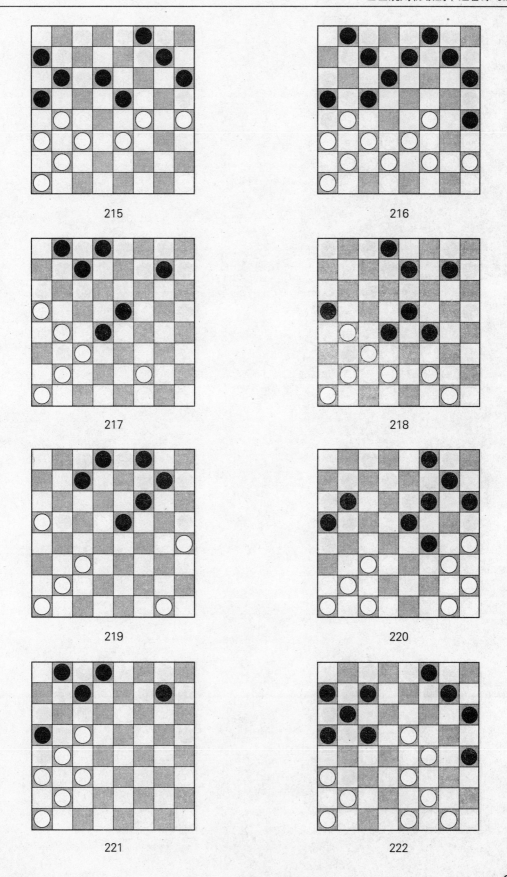

215

216

217

218

219

220

221

222

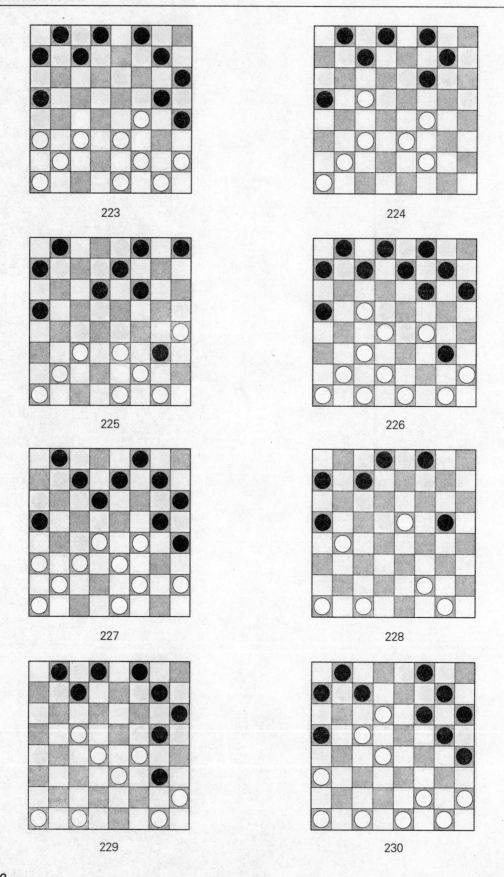

223

224

225

226

227

228

229

230

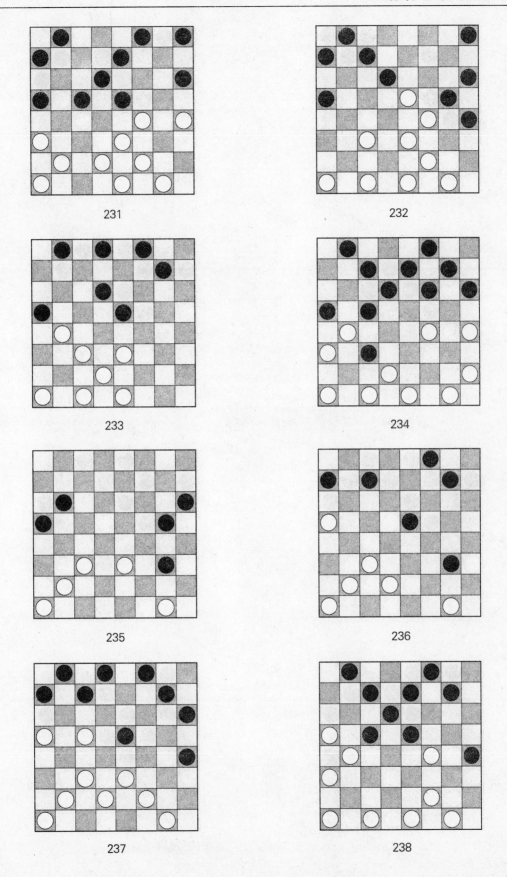

231

232

233

234

235

236

237

238

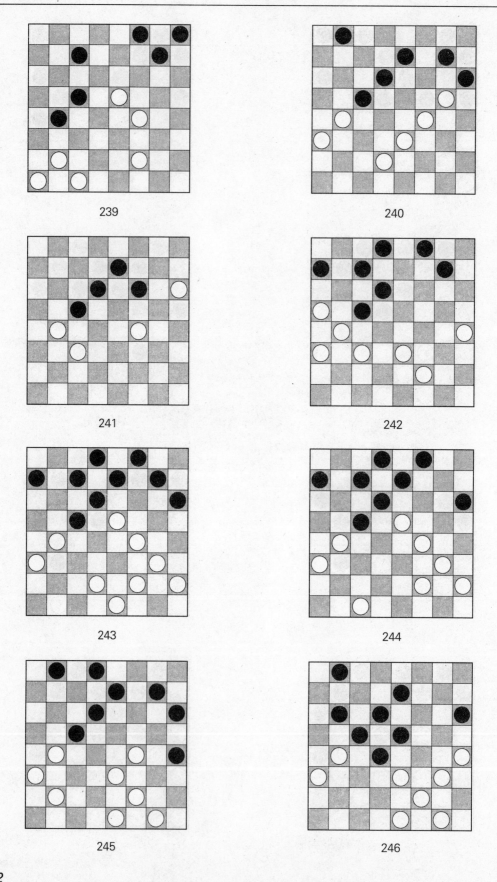

239

240

241

242

243

244

245

246

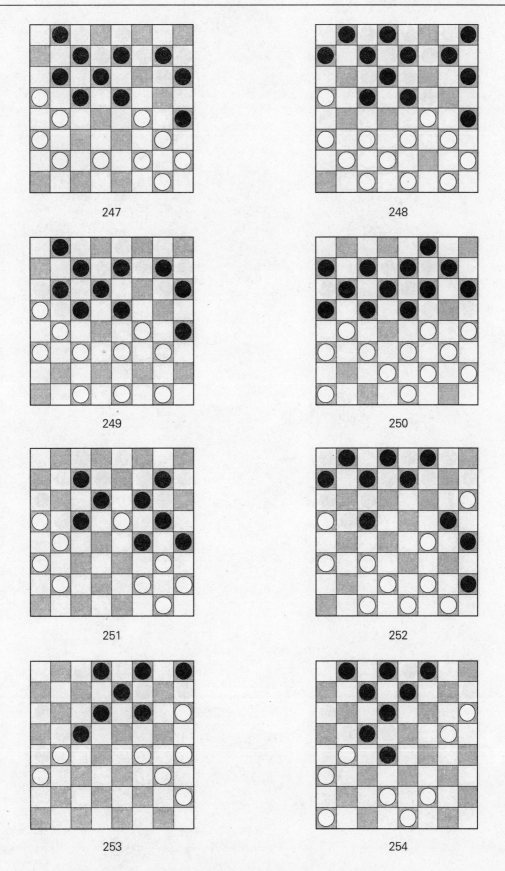

247

248

249

250

251

252

253

254

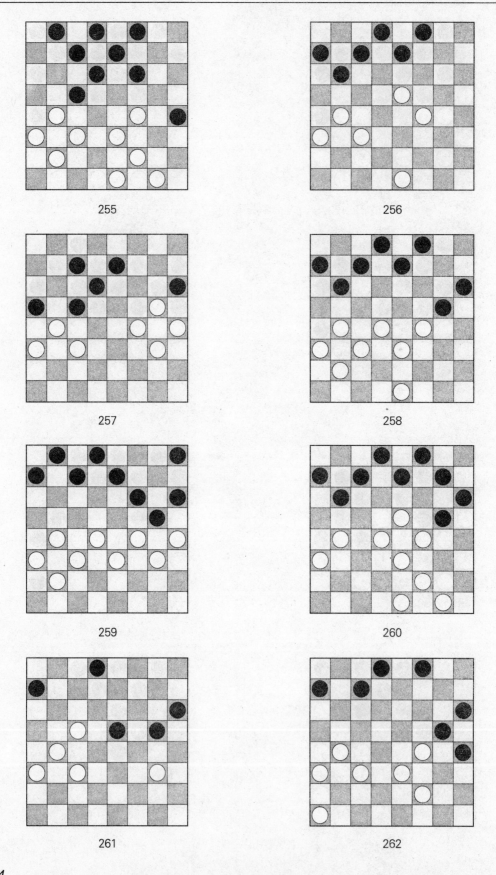

255

256

257

258

259

260

261

262

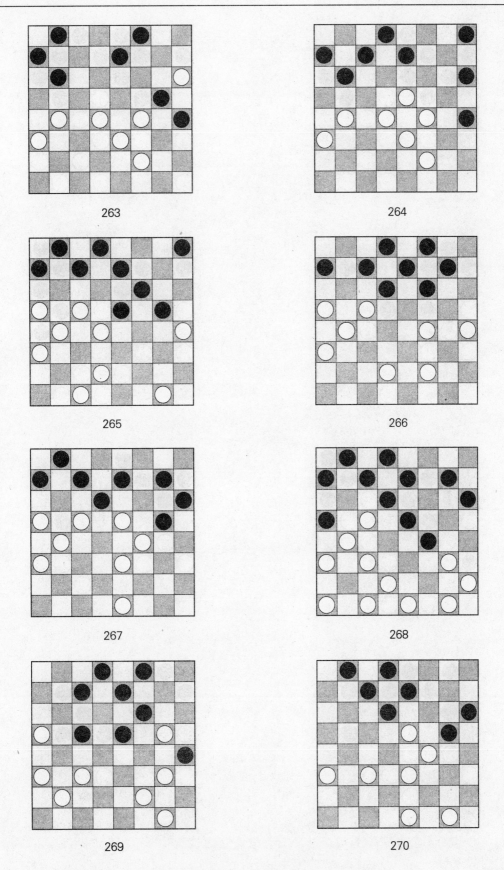

263

264

265

266

267

268

269

270

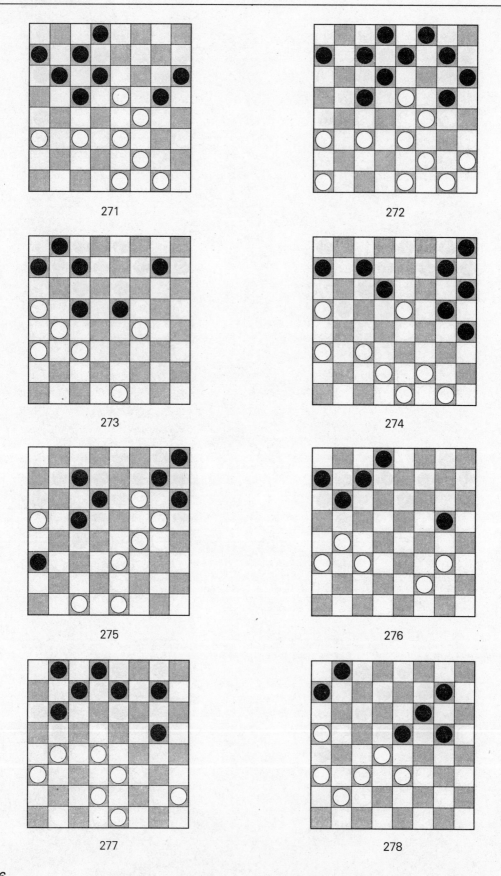

271

272

273

274

275

276

277

278

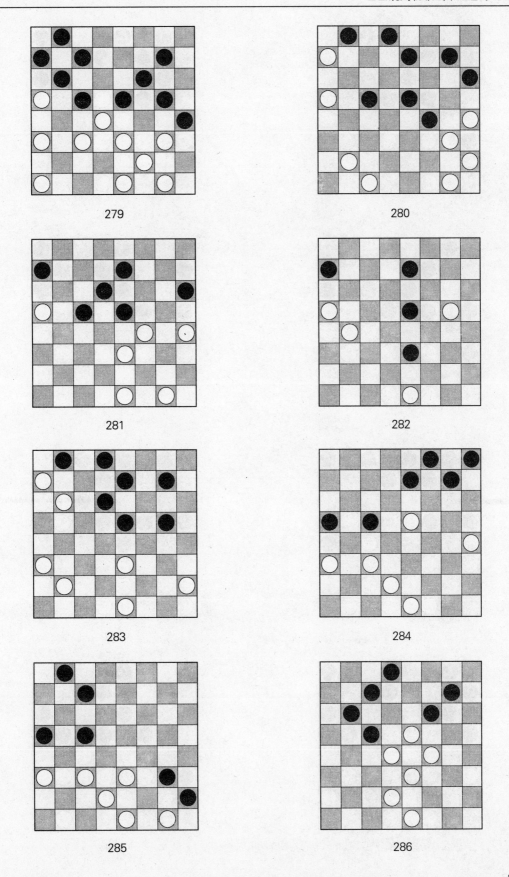

279

280

281

282

283

284

285

286

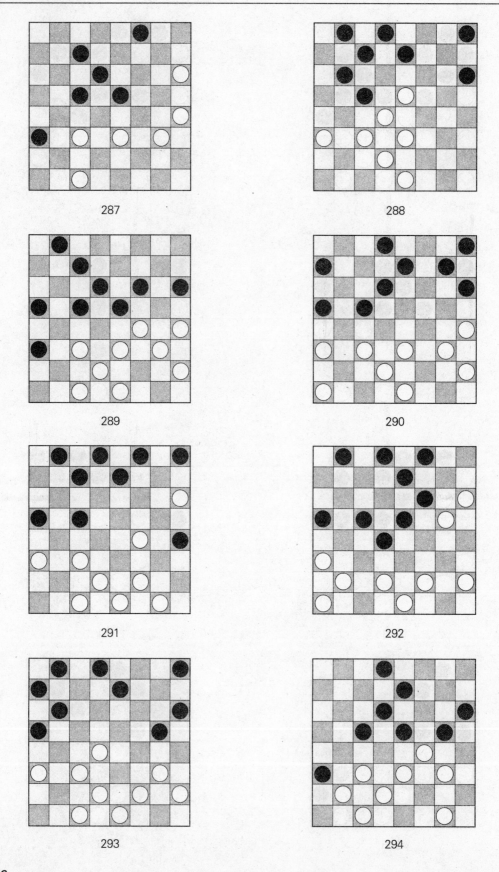

287

288

289

290

291

292

293

294

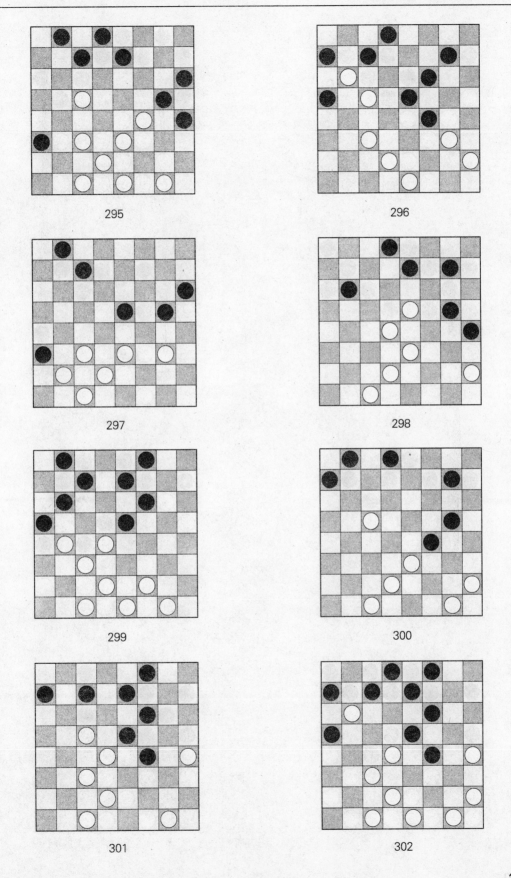

295

296

297

298

299

300

301

302

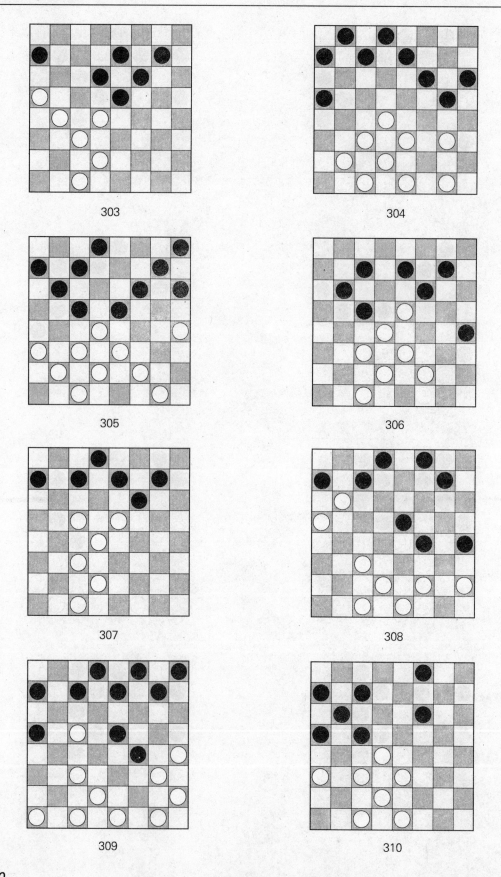

303

304

305

306

307

308

309

310

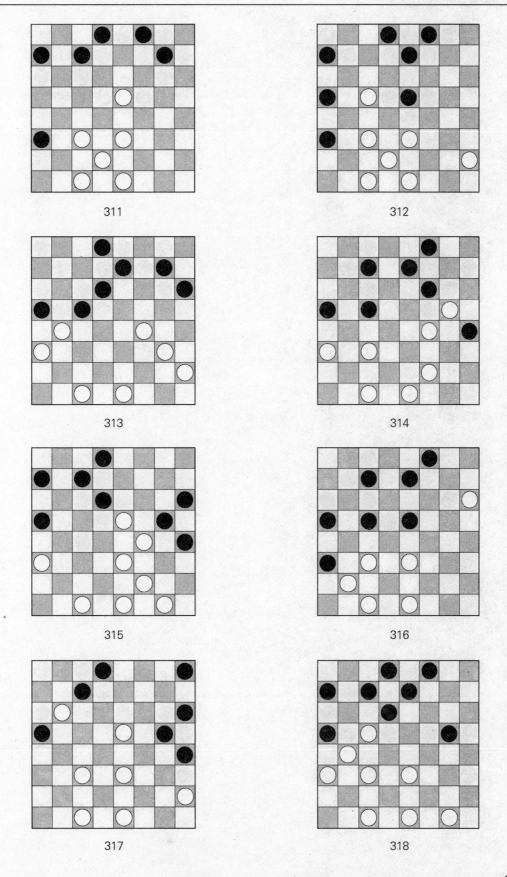

311

312

313

314

315

316

317

318

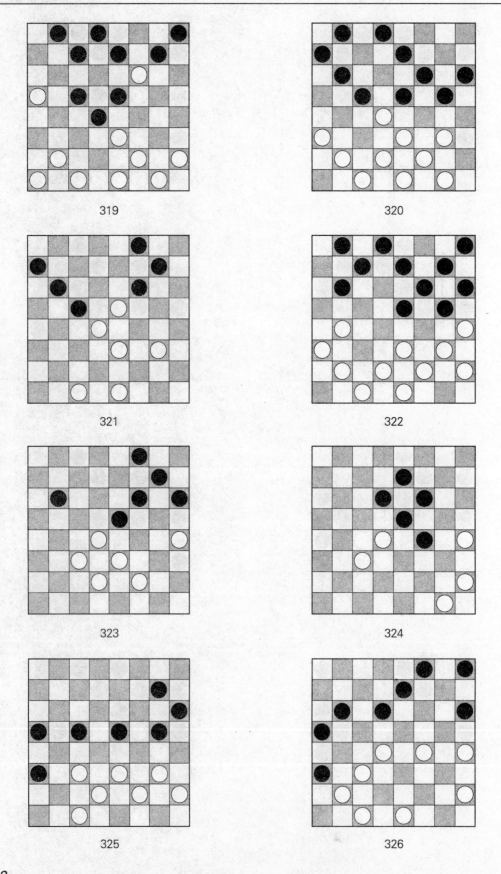

319

320

321

322

323

324

325

326

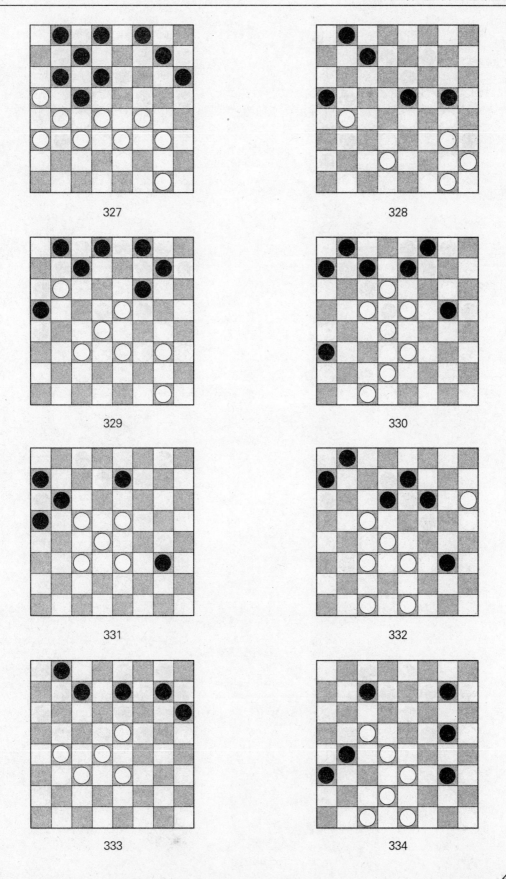

327

328

329

330

331

332

333

334

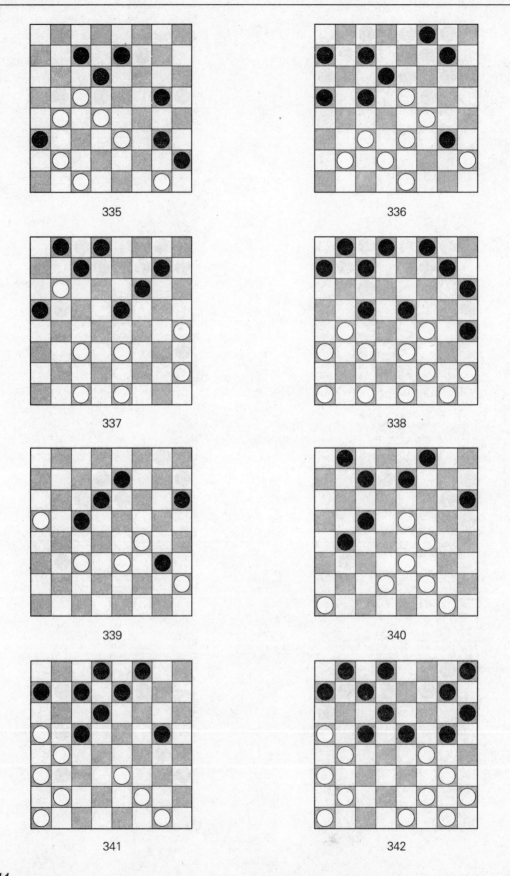

335

336

337

338

339

340

341

342

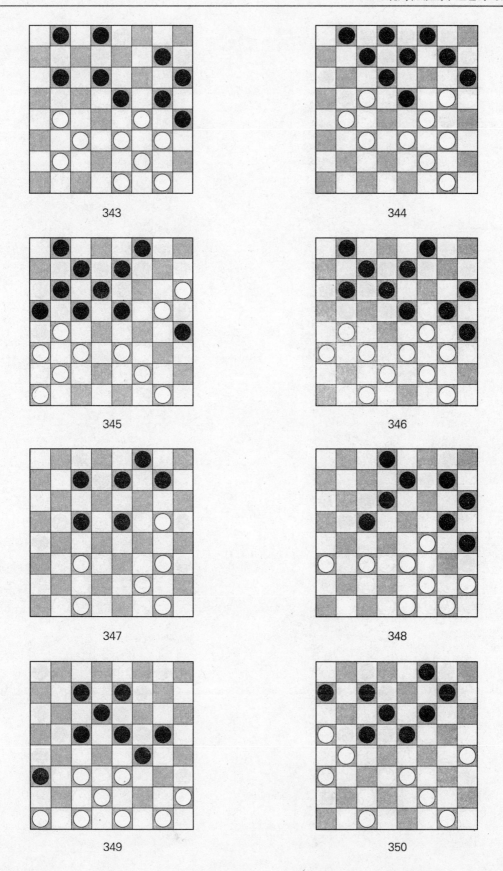

343

344

345

346

347

348

349

350

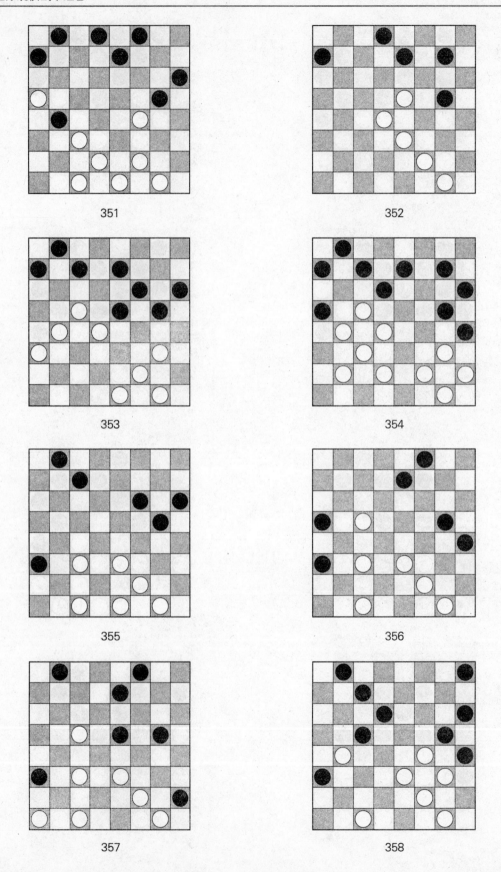

351

352

353

354

355

356

357

358

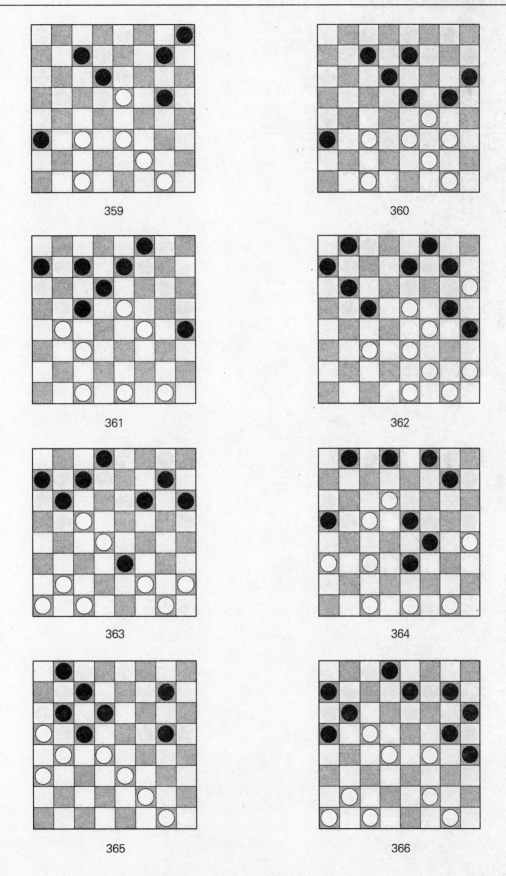

359

360

361

362

363

364

365

366

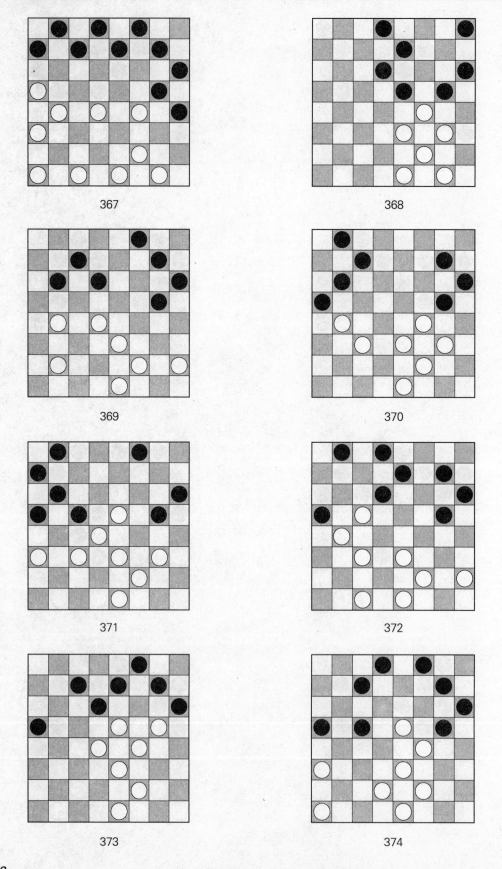

367

368

369

370

371

372

373

374

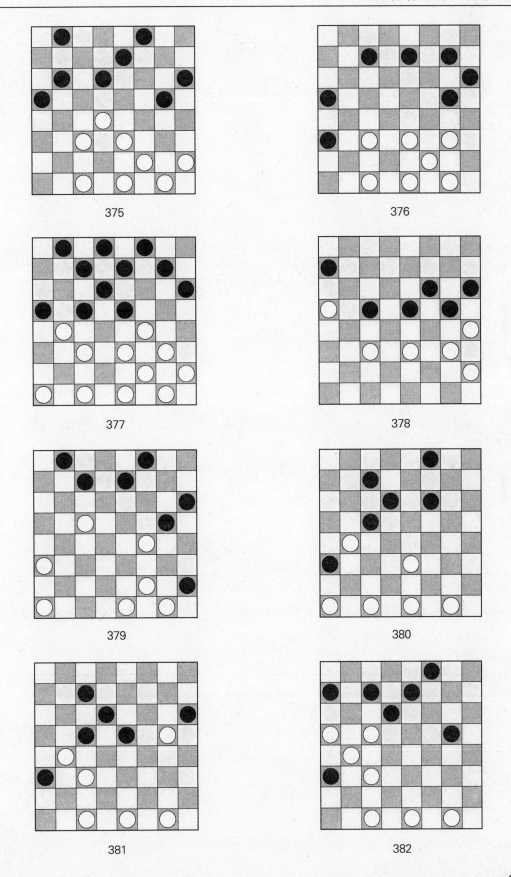

375

376

377

378

379

380

381

382

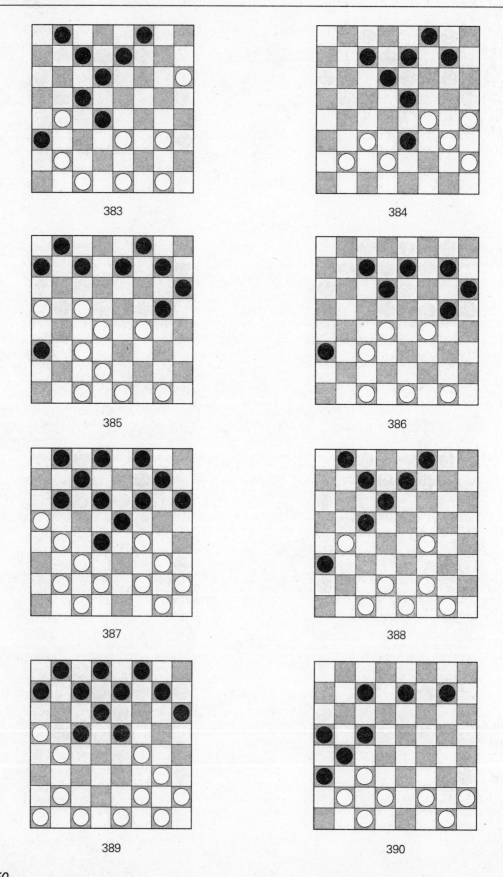

383

384

385

386

387

388

389

390

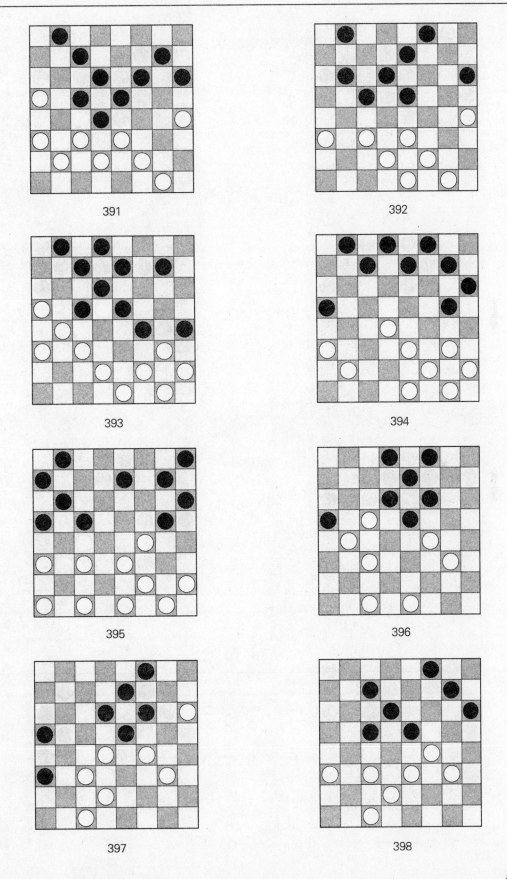

391

392

393

394

395

396

397

398

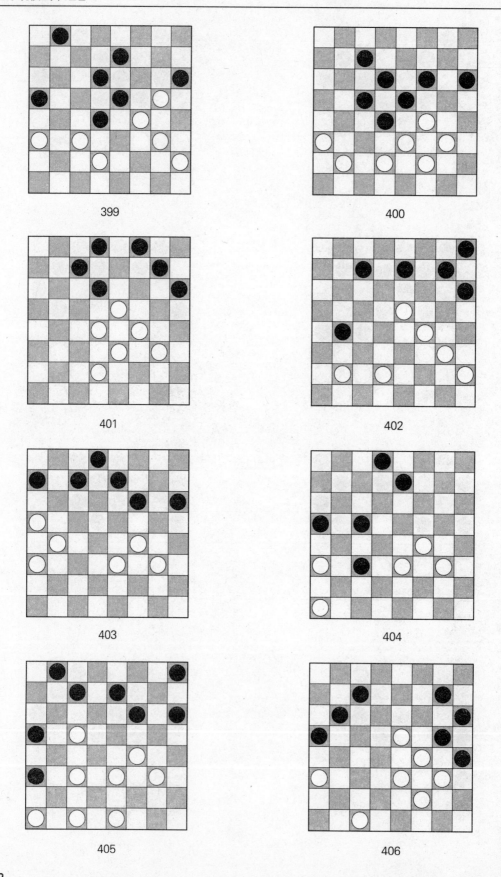

399

400

401

402

403

404

405

406

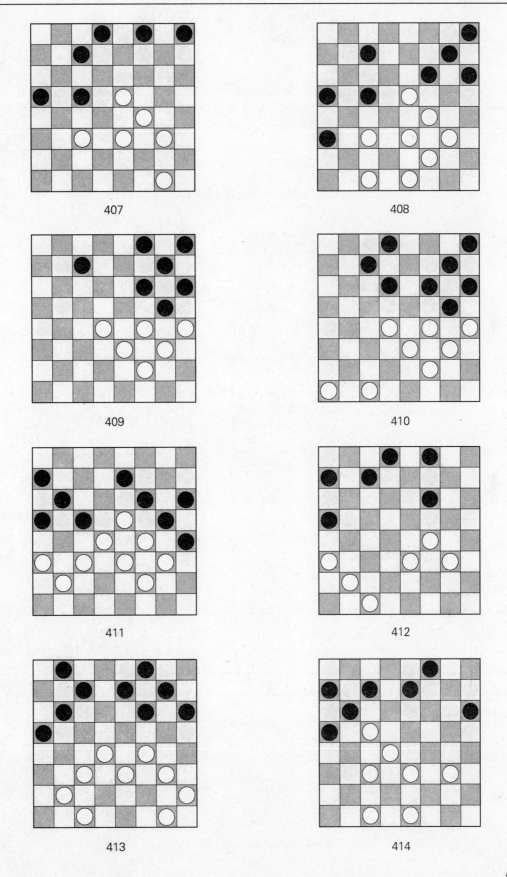

407

408

409

410

411

412

413

414

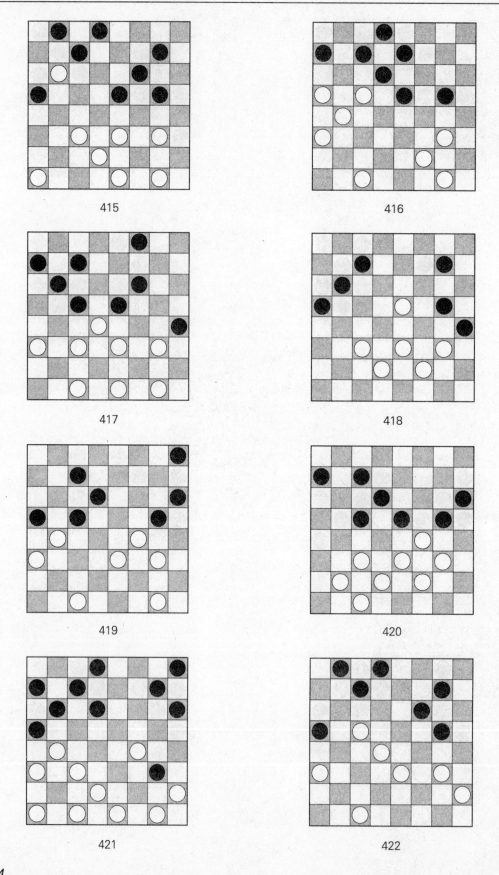

415

416

417

418

419

420

421

422

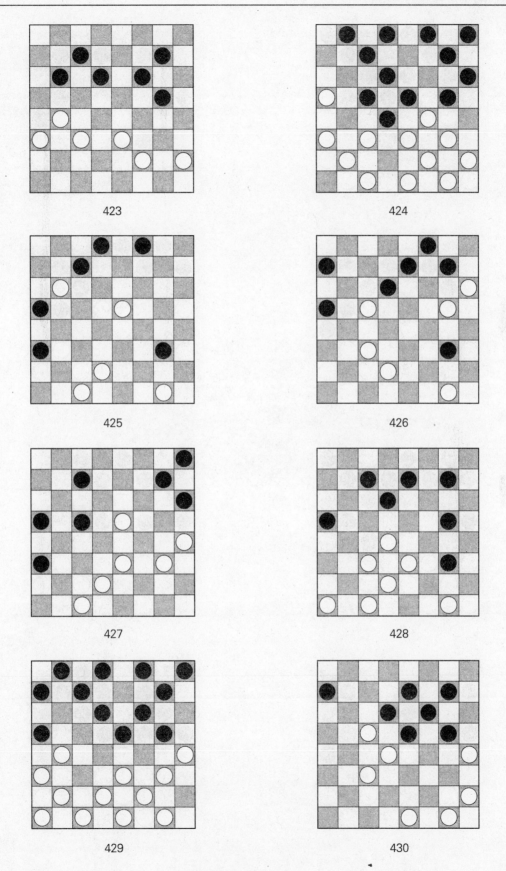

423

424

425

426

427

428

429

430

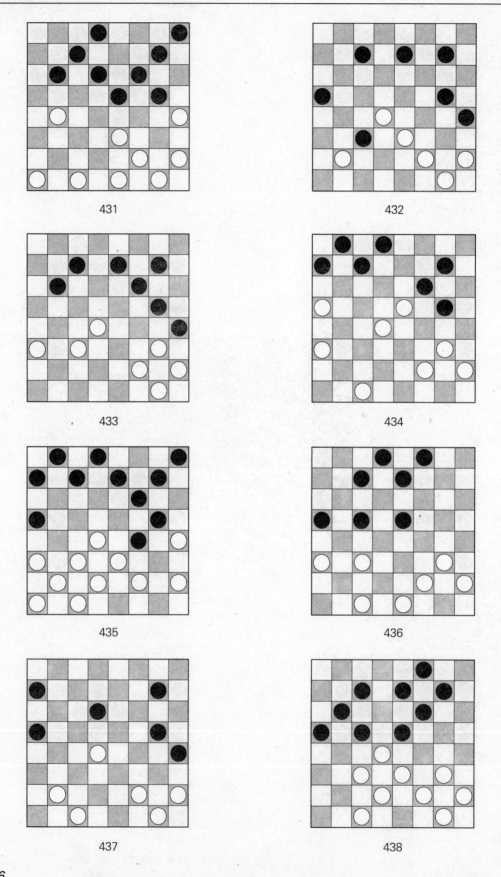

431

432

433

434

435

436

437

438

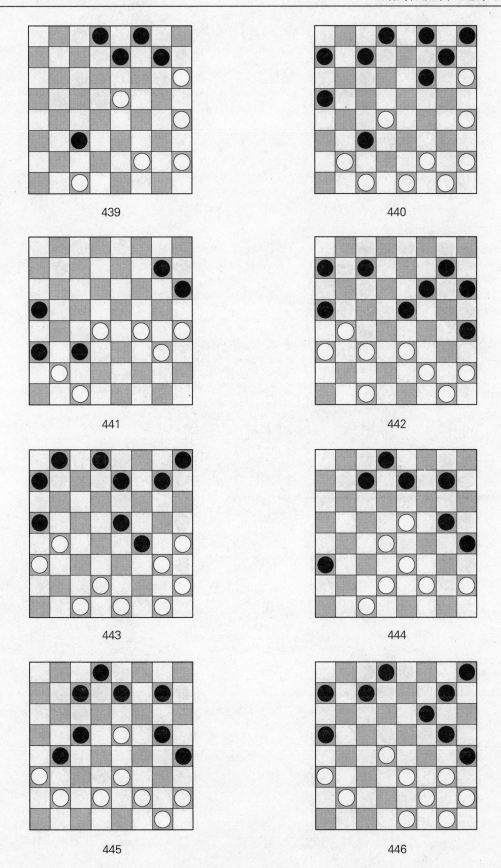

439

440

441

442

443

444

445

446

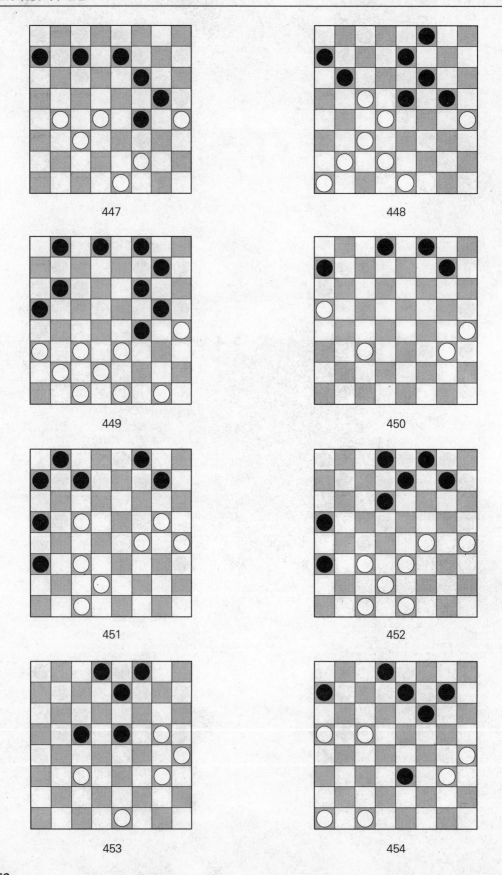

447

448

449

450

451

452

453

454

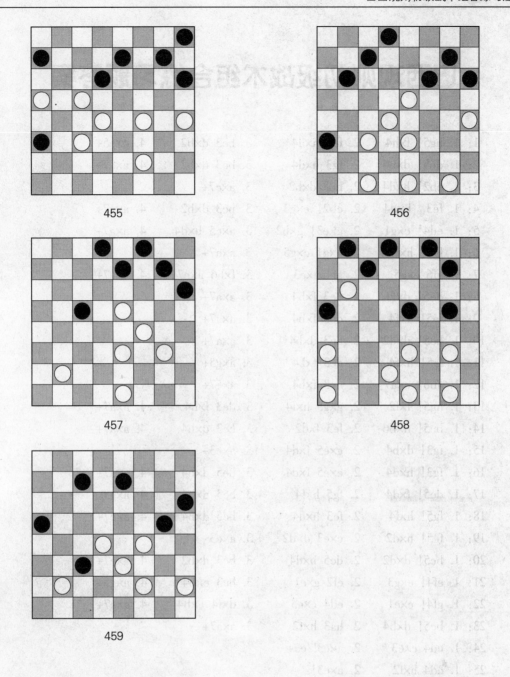

455

456

457

458

459

巴西规则初级战术组合练习题答案

1: 1. hg5! f×h4	2. fe3 h×d4	3. bc3 d×b2	4. a×e5+
2: 1. dc5! d×b4	2. fg3 h×d4	3. bc3 d×b2	4. a×c7+
3: 1. cb2! h×d4	2. bc3 d×b2	3. a×c7+	
4: 1. fe3 h×d4	2. cb2! e×g3	3. bc3 d×b2	4. a×g7+
5: 1. ed4! c×g1	2. g×e3! g×b2	3. a×c5 b×d4	4. a×g7+
6: 1. fg3! h×f2	2. e×g1 c×g5	3. a×a7+	
7: 1. gf6 e×g5	2. gf4 g×e3	3. f×b6 a×c7	4. a×e7+
8: 1. de5! d×f4	2. de3 f×b4	3. a×a7+	
9: 1. fe5! d×f4	2. dc3 f×b4	3. a×a7+	
10: 1. bc5! d×d2	2. bc3 d×b4	3. a×a7+	
11: 1. fg5! h×f4	2. de3 f×b4	3. a×g5+	
12: 1. ab6! c×a7	2. de3 f×b4	3. a×e7+	
13: 1. hg5! f×f2	2. g×g5 h×f4	3. de3 f×b4	4. a×a7+
14: 1. bc5! d×b6	2. fe3 f×d2	3. bc3 d×b4	4. a×a7+
15: 1. fg3! d×b4	2. g×e5 f×d4	3. a×e3+	
16: 1. fg3! h×d4	2. c×e5 f×d4	3. be5 d×b4	4. a×a7+
17: 1. de5! f×d4	2. fg5 h×f4	3. bc5 d×b4	4. a×g5
18: 1. fg5! h×f4	2. fe3 h×d4	3. bc5 d×b4	4. a×e7+
19: 1. fe5! h×d2	2. c×e3 d×d2	3. a×e3	
20: 1. bc5! d×d2	2. dc5 b×d4	3. bc3 d×b2	4. a×e7+
21: 1. ef4! e×g3	2. ef2 g×e1	3. bc3 e×b4	4. a×g5+
22: 1. gf4! e×e1	2. ed4 c×e3	3. d×f4 e×b4	4. a×e7+
23: 1. bc5! d×b4	2. ha3 h×f2	3. a×a7+	
24: 1. cd4 c×e3	2. a×c3! e3+		
25: 1. cd4 h×f2	2. a×c3!		
26: 1. bc3! d×b2	2. bc5 d×b4	3. a×a1+	
27: 1. de3 cb2	2. ed4! c×e3	3. bc5 d×b4	4. a×a1
28: 1. fe3! f×b4	2. a1×c3 b×d2	3. dc5 d×b4	4. a×e1
29: 1. bc5! d×b2	2. hg5! b× d4 (2. … d×b4 3. a×a1)		
3. g×c5 d×b4	4. a×a1+		
30: 1. de3! f×d2	2. fg3 h×f2	3. dc5 d×b4	4. a×g3
31: 1. gh4 e×g3	2. h×f2! h×f4	3. bc5 d×b4	4. a×g3+
32: 1. de5! f×d4	2. ab4 h×f6	3. bc5 d×b4	4. a×g7+

33：1. fg3! h×d4　　　2. bc5 d×b4　　　3. a×g7+

34：1. gh4! e×g3　　　2. bc5 d×b4　　　3. a×g7 h×f8　　　4. gh2

35：1. fe7! d×f6　　　2. cd2 c×g3　　　3. a×g7 h×f6　　　4. h×f2+

36：1. fg3! h×b6　　　2. ba5 g×e3　　　3. a×g7+

37：1. fe5! f×f2 (1. ··· d×f4　2. b×f8+)　2. ba5 h×f4　　　3. a×e1+

38：1. fe3! h×d4　　　2. ha5 e×g3　　　3. a×c3+

39：1. cb2! h×d4　　　2. ba5 e×g3　　　3. c×c7! b×d6　　　4. a×e5+

40：1. fg3! h×f4　　　2. de3 f×d2　　　3. ba5 d×b4　　　4. a×g7+

41：1. fg5! h×d2　　　2. ba5 d×b4　　　3. a×g7+

42：1. fg5 gh6　　　　2. ab4! h×d2　　　3. ba5 d×b4　　　4. a×g7+

43：1. ef4 e×e1　　　2. ba5 e×b4　　　3. a×g7! h×f8　　　4. a×c5+

44：1. hg3! h×f2　　　2. dc5 f×b6　　　3. a×g7+

45：1.dc7! a×c5　　　2. fg5 d×b6　　　3. g×e7 f×d6　　　4. a×c3+

46：1.gf4 e×g3　　　　2. ef2 g×e1　　　3. ba5 e×d6　　　4. a×g7+

47：1.bc7 d×b6 (1. ··· b×d6　2. ab8 dc7　3. ba7 dc5　4. dc3 d×b2
　　 5. a×a1+)　　　2. a×e3+

48：1. gf6! e×g5　　　2. bc7 d×b6　　　3. a×e7+

49：1. ed4! ef4　　　　2. de5 f×d6　　　3. bc7 d×b6　　　4. a×e7+

50：1. dc3! f×b4　　　2. ab2 c×e3　　　3. a×a3+

51：1. cd6 e×c7　　　2. g×e5! f×d4　　　3. a×e3+

52：1. fg5! h×f6　　　2. de5 f×b2　　　3. c×a7+

53：1. hg5! f×h4　　　2. hg3 h×b2　　　3. c×e7

54：1. hg5! f×f2　　　2. d×f6 f×b2　　　3. c×a7+

55：1. bc5! d×b4　　　2. ef4 cd6　　　3. dc5 b×b2　　　4. c×g5+

56：1. gf4! g×g1　　　2. ef2 g×b2　　　3. c×g5+

57：1. ed4! c×g1　　　2. ef2 g×b2　　　3. c×a7+

58：1. dc5! d×b4　　　2. fg5 h×f4　　　3. bc3 b×d2　　　4. c×e7+

59：1. gf6! e×g7　　　2. hg5 h×f4　　　3. dc3 b×d2　　　4. c×g5+

60：1. bc3 b×d2　　　2. gf6! g×g3　　　3. h×f4 e×g5　　　4. c×a7+

61：1. dc3! b×d2　　　2. fe5 f×d4　　　3. gf4 e×g5　　　4. c×a7+

62：1. ef2! b×d2　　　2. ab6! c×a5　　　3. fg3 h×d4　　　4. c×e7!

63：1. fg3! h×d4　　　2. dc3 d×b2 (b×d2)　　　3. c×g5+

64：1. fg5! f×d4　　　2. dc3 d×b2 (b×d2)　　　3. c×a7+

65：1. ed6! c×e7　　　2. fg3 h×d4　　　3. bc3 d×b2 (b×d2)　　　4. c×a7+

66：1. bc5! d×b4　　　2. de5 f×d4　　　3. bc3 d×b2 (b×d2)　　　4. c×a7+

67：1. ef4! h×f2　　　2. de3 f×d4　　　3. bc3 d×b2 (b×d2)　　　4. c×g5+

68：1. hg5! h×h2　　　2. fg3 h×f4　　　3. dc3 d×b2 (b×d2)　　　4. c×e3+

69：1. fg5! h×d6　　　2. dc5 b×d4　　　3. c×c7+

70：1. fg5! hxf4　　2. bc5 dxb4　　3. axc5 bxd4　　4. cxg7+

71：1. fe5 dxf4　　2. exg5 hxf6　　3. bc5 bd4　　4. cxg7+

72：1. cd6! cxg3　　2. dc5 bxd4　　3. cxg7+

73：1. ab4! cxa3　　2. dc5 bxd4　　3. cxg7+

74：1. ab4! cxe3 (1. … cxa3　2. dc5 bxd4　3. cxg7)　2. bc5 bxd4　3. cxg7+

75：1. ab4! cxe3 (1. … cxa3　2. dc5 bxd4　3. cxg7+)　2. dxf4 gxe3
　　　3. bc5 bxd4　　4. cxg7+

76：1. gf4! gh6 (gh4)　2. de5 fxd4　3. cxa5+

77：1. ab4! cxa3　　2. de5 fxd4　　3. cxa5+

78：1. fg5! hxf4　　2. hg5 fxh6　　3. gf4 exg3　　4. cxa5+

79：1. cd6! exc7　　2. fe3 hxd4　　3. cxg7+

80：1. dc3! cxe5　　2. cd6 exc7　　3. dc5 bxd4　　4. cxg7+

81：1. fe5! dxf4　　2. gxg7 hxf6　　3. dc5 bxd4　　4. cxg7+

82：1. fe5! dxf4　　2. gxg7 hxf6　　3. fg3 hxd4　　4. cxg7+

83：1. fg3! hxf2　　2. de3 fxd4　　3. cxa5+

84：1. hg5! fxh4　　2. fg3 hxf2　　3. de3 fxd4　　4. cxc7+

85：1. cd6! exc5　　2. hg3 hxd4　　3. cxg7+

86：1. fe3! gh4　　2. hg3 hxd4　　3. cxc7+

87：1. ab4! cxa3　　2. fg3 hxd4　　3. cxg7+

88：1. cd2! dxb4　　2. dc5 bxd6　　3. fe3 hxd4　　4. cxc7+

89：1. cb2! hxf2　　2. cb6 axc5　　3. dxb6 fxd4　　4. cxg7+

90：1. ab6! cxa5　　2. de5 fxf2　　3. de3 fxd4　　4. cxc7+

91：1. de5! fxd4　　2. dc3 hxf6　　3. cxg7+

92：1. hg5! fxh6　　2. bc3 hxf4　　3. cxc7+

93：1. fg5! dxd2　　2. exc3 hxf6　　3. dc5 bxd4　　4. cxg7+

94：1. cd4! hxf2　　2. dxb6 fxd4　　3. dc3 axc5　　4. cxg7+

95：1. cb4! exa5　　2. gxg7 hxf6　　3. dc3 bxd4　　4. cxg7+

96：1. fe3! hxd4　　2. dc3 exg3　　3. cxg7+

97：1. fg3! hxd4　　2. dc3 exg3　　3. cxa5+

98：1. dc3 hxd4　　2. gf2! (2. ed2? exg3　3. cxa5 fg5!　4. hxf4 gxc1+) exg3
　　　3. cxa5+

99：1. de5! fxb2 (1. … fxf2　2. exc7 bxd6　3. hxf6+)　2. hxf6 axc3
　　　3. dxb4 fxd2　4. exa1+

100：1. de5! fxb2 (1. … fxb4　2. exc3+)　2. hxf6 fxd2　3. exa1+

101：1. de5! fxd4　　2. fg5 hxd2　　3. exa5+

102：1. de5! fxd4　　2. fg5 hxf6　　3. dc3 bxd2　　4. exg7+

103：1. ab6! cxc3 (1. … cxa7　2. exe7+)　2. dxb4 fxd2　3. exc7+

104：1. cd4! exc3　　2. bc5 bxd4　　3. dxb4! fxd2　　4. exg7+

105：1. dc5! d×b4   2. fe3 h×d4   3. dc3 b×d2   4. e×g7+
106：1. ab2! a×e3   2. f×d2 h×f4   3. de3 f×d2   4. e×c7+
107：1. ab6! c×a5   2. fg3 h×f2   3. e×c7 d×b6   4. a×c5
108：1. hg7! f×h6   2. fg5 h×f4   3. fg3 h×f2   4. e×a5+
109：1. ef4 c×e3   2. f×d2! h×f4   3. fg3 h×f2   4. e×a5+
110：1. de5 d×f4   2. hg7 h×f6   3. fg3 h×f2   4. e×g7+
111：1. fe5! d×f4   2. cb4! ed6 (cd6)   3. fg3
112：1. cd2! d×f4   2. cb4! cd6   3. fg3 h×f2   4. e×a5+
113：1. de3! b×f4   2. gh2 e×c3   3. fg3 h×f2   4. e×g7+
114：1. ab4! c×a3   2. fe5 d×f4   3. dc5 b×f2   4. e×g7+
115：1. fe5! d×f4   2. cb4 ed6   3. de5 f×f2   4. e×a5+
116：1. fg5! h×h2   2. fg3 h×d2   3. e×g7+
117：1. gh4! e×g3   2. hg5 h6×f4   3. f×h4! d×f2   4. e×a5+
118：1. de5! f×d4   2. fg5 h×f4   3. de3 f×d2 (d×f2)   4. e×a5+
119：1. fe5! d×f4   2. e×g5 h×f4   3. de3 (3.fe3 d×f2) f×d2   4. e×g7+
120：1. ab6! c×a5   2. fg5 h×f4   3. fe3 f×d2 (d×f2)   4. e×c7+
121：1. bc5! b×d4   2. ab6 c×a5   3. fe3 f×d2 (d×f2)   4. e×c7+
122：1. fg3! h×d4   2. fe5 d×f4   3. de3 f×d2 (d×f2)   4. e×g7+
123：1. bc5! b×d4   2. fe5 d×f4   3. fe3 f×d2 (d×f2)   4. e×g7+
124：1. de3! b×f4   2. de5 f×d4   3. fe3 f×d2 (d×f2)   4. e×c7+
125：1. fe5! d×h2   2. fg3 h×f4   3. de3 f×d2 (d×f2)   4. e×g7+
126：1. cb8 f×h2   2. b×g3! h×f4   3. de3 f×d2 (d×f2)   4. e×g7+
127：1. fg3! h×f4   2. de5 f×d4   3. de3 f×d2 (d×f2)   4. e×a5+
128：1. fg5! h×f6   2. fg3 h×f4   3. de3 f×d2 (d×f2)   4. e×g7+
129：1. gf2! b×d4   2. fg3 h×f4   3. de3 f×d2 (d×f2)   4. e×g7+
130：1. fe5! f×d4   2. gf2 h×f4   3. fe3 f×d2 (d×f2)   4. e×a5+
131：1. cb4! a×c3   2. fe5 f×d4   3. e×a7+
132：1. de5! f×b2   2. c×a3 h×f6   3. fe5 f×d4   4. e×a7+
133：1. cd4! ab6   2. de5 f×d4   3. de3 h×f6   4. e×a7+
134：1. gf2! b×d2   2. bc3 d×b4   3. fe5 f×d4   4. e×a7+
135：1. cb4! a×a1   2. cb2 a×c3   3. d×b2 f×d4   4. e×a7+
136：1. cb4 c×a3   2. fg5 h×f6   3. de5 f×d4   4. e×a7+
137：1. fg5! h×f6   2. ed6 c×e7   3. d×e5 f×d4   4. e×a7+
138：1. de5 f×d4   2. h×f6! g×e5   3. f×d6 c×e7   4. e×a7+
139：1. ab4! c×a3   2. de5 f×d4   3. e×e7 g×e3   4. f×d4+
140：1. dc5! b×b2   2. dc3 b×d4   3. e×e7+
141：1. de5! f×b2   2. dc3 b×d4   3. e×e7+
142：1. de5! f×b2   2. dc3 b×d4   3. e×a7+

143：1. dc5! bxb2   2. a5xc3 bxd4   3. exe7+

144：1. bc5! dxb4   2. de5 fxb2   3. a5xc3 bxd4   4. exa7+

145：1. ab4! cxa3   2. fg5 hxf4   3. exa7+

146：1. gh4! gf6   2. ab4 cxa3   3. fg5 hxf4   4. exc5+

147：1. cb4! axc3   2. bxb6 cxa5   3. fg5 hxf4   4. exc5+

148：1. gf4! exg3 (1. ⋯ cxa3 2. fg5 hxf4 3. exc5+)   2. hxf4 cxa3
    3. fg5 hxf4   4. exc5+

149：1. bc3! dxb2   2. axc1 cxa3   3. fg5 hxf4   4. exc5+

150：1. cb4! axa1   2. fe3 axf6   3. fg5 hxf4   4. exa7+

151：1. fe3 hxf2   2. hg3! fxh4   3. fg5 hxf4   4. exa7+

152：1. bc5! dxd2   2. fe3 exc3   3. exe7 hxf2   4. hxc1+

153：1. fg5! hxf6   2. fg3 hxf4   3. exa7+

154：1. ab4! cxa3   2. fg3 hxf2 (2. ⋯ hxf4 3. exa7+)   3. exg3 hxf4   4. exa7+

155：1. fg5! hxh2   2. fg3 hxf2 (2. ⋯ hxf4 3. exa7+)   3. exg3 hxf4   4. exa7+

156：1. gf2! gh2   2. ab6 cxa7   3. fg3 hxf4   4. exc5+

157：1. ab4! cb2 (cd2)   2. fe3 hxd4   3. exa1+

158：1. cb4! cxa3   2. fe5 fxd4   3. fg3 hxf2   4. gxa7+

159：1. de5! fxb2   2. dc3 bxd4   3. hg3 hxf2   4. gxe7+

160：1. de5! fxd4   2. ef2 cxa7   3. fg3 hxf2   4. gxa3+

161：1. bc5! bxd4   2. hg7 fxh6   3. hg3 hxf2   4. gxe7+

162：1. ab6! cxa5 (1. ⋯ cxe5 2. bc7 bxd6 3. fg3 hxf2 4. gxg5+)
    2. dc7 bxd6   3. fg3 hxf2   4. gxg5+

163：1. dc5 bxd4   2. ab6! cxa5   3. fg3 hxf2   4. gxe7+

164：1. cb4! axg5   2. hxf4 fxd4   3. fg3 hxf2   4. gxa7+

165：1. cb4! exa5   2. gxe5 fxd4   3. fg3 hxf2   4. gxa7+

166：1. fe3 hxd4   2. fg5 fxh4   3. hg3 hxf2   4. gxa7+

167：1. fe5! dxf4   2. dc5 bxd4   3. fe3 dxf2   4. gxe7+

168：1. fe3! hxd4 (1. ⋯ exc7 2. exe7 hxf2 3. gxe3+)
    2. ef2 exc7   3. fe3 dxf2   4. gxe7+

169：1. ab4! cxa3   2. fg5 hxf4   3. fe3 dxf2   4. gxa7+

170：1. ab6! cd4   2. ab4 axa3   3. fe3 dxf2   4. gxc5+

171：1. cb2! hxf2   2. fe5 dxf4   3. exg5 hxf4   4. gxg5+

172：1. ab6! (1. dc3? hxf2 2. gxg5 ed4 3. cxe5 dxh6+) cxa7 (1.⋯ cxa5
    2. dc3 hxf2 3. gxg5 cd4 4. gh6 dxb2 5. axc1+; 1. ⋯ hxf2
    2. bxd8 fe1 3. da5 exc3 4. axh6+) 2. ab4 hxf2 3. gxg5

173：1. fe3! hxf2   2. dc3 bxf4   3. gxe7+

174：1. fg5! hxf4   2. ab6 cxa7   3. fg3 hxf2   4. gxc5+

175：1. cd6! exe3 (1. ⋯ exc7 2. gxg7+)   2. fxd4 hxf2   3. gxe7+

176： 1. ed4! cxe5 （1. … hxf2　2. dxb2+）

2. fg5! hxf4　　3. ab2 hxf2　　4. gxa7+

177： 1. de5! fxd4　2. fg3 hxf2　　3. gxe7+

178： 1. gf6! ef4 （1. … ed4　2. fe7 dxf6　3. fg3 hxf2　4. gxg5+）

2. fe7 dxf6　3. fg3 hxf2　　4. gxc5+

179： 1. ba5! ab6　2. hg5 fxh4　3. fg3 hxf2　　4. gxa7+

180： 1. cd4! exc3　2. dxb4 bxd4　3. gxc3+

181： 1. cb4! axc3 （1. … 3　2. gxc7 bxd4　3. cb8）　2. dxb4 exa5

3. gxc7 bxd4　4. cb8+

182： 1. dc5 dxb4　2. de3 bxf4　3. gxg7+

183： 1. de5! fxd4　2. fg5 hxf4　3. gxa5+

184： 1. ef4! bxd6　2. fg5 hxf4　3. gxa5+

185： 1. gh2! dxb4　2. dc5 bxd6　3. fg5 hxf4　4. gxc7+

186： 1. de5! dxd2　2. ba3 hxf4　3. axc5 bxd4　4. gxe1

187： 1. fg5! hxf4　2. cb4 axc3　3. bxf6 exg5　4. gxa5+

188： 1. ed4! exc3　2. dxb4 axc3　3. fg5 hxf4　4. gxa5+

189： 1. ed4! cxe3　2. ef2 hxf4　3. fxf6 exg5　4. gxa5+

190： 1. bc5! dxb6　2. gf6 exg7　3. fg5 hxf4　4. gxc7+

191： 1. bc5 dxb4　2. axe3 ed6　3. ed4 exc3　4. fg5+

192： 1. bc5! dxb6　2. axc1 dxb4　3. gxg7 exg3　4. hxf4+

193： 1. ab4! cxa3　2. cd2 axe3　3. fxd2 hxf4　4. gxa5+

194： 1. de5! fxd4　2. cb2 axe3　3. fxd2 hxf4　4. gxc7+

195： 1. de5! fxf2　2. de3 fxd4　3. fg5 hxf4　4. gxc7+

196： 1. de5! fxf2　2. de3 fxd4　3. hg5 hxf4　4. gxe5+

197： 1. de5! df4　2. fg3 axc7　3. gxg7+

198： 1. gxe5! dxb2　2. fg3! fxd4　3. hg5 hxf4　4. gxa1+

199： 1. fe5 dxf4　2. de5 fxd6　3. fg3 hxf4　4. gxc3+

200： 1. fe5! dxd2　2. fe7! hxf4　3. fg3 fxd6　4. gxe1+

201： 1. bc3! dxb2　2. ed4! cxc1　3. fe3 cxf4　4. gxa1+

202： 1. gf2! bxd4　2. fg3 hxf4　3. gxc5 ef6　4. cd6+

203： 1. de5! fxd4　2. ab4 cxa3　3. fg5 hxf4　4. gxa7+

204： 1. dc3! de3　2. gf4 ef2　3. fe5 dxf4　4. gxg1+

205： 1. ab4! fxd2　2. cxe3 cxa3　3. exa7+

206： 1. fg5 axc3　2. bxb6 cxa5　3. gxc5+

207： 1. ab6 cxa5　2. ab4 axc3　3. bxh8+

208： 1. ed4! cxe3　2. dxd6 cxe5　3. cb4 axc3　4. bxh8+

209： 1. ab6! cxa5　2. ed4 cxe3　3. cb4 axc3　4. bxh8+

210： 1. ed4! cxe3　2. ab6 cxa5　3. ab4 axc3　4. bxd8+

211：1. hg5! fxh6　　2. gh4 de3　　　　3. bxh8+

212：1. fg3! hxd4　　2. cxg7 hxf8　　　3. gf2 (gh2) axc3　4. bxd8+

213：1. fe3! hxd4　　2. cxc7 bxd6　　　3. gf2 axc3　　　4. bxb6+

214：1. fe3! hxd4　　2. cxc7 bxd6　　　3. gf2 axc3　　　4. bxb6+

215：1. fg5! hxd2　　2. cxe1 axc3　　　3. bxh8+

216：1. cd4! a5xc3xe1xg3xe5xc3 (a5xc3xe5xg3xe1xc3)　　2. bxh8+

217：1. ab6 cxa5　　　2. bc5 dxb6　　　3. cb4 axc3　　　4. bxh8+

218：1. de3! fxd2　　　2. cxe1 axc3　　　3. fe3 dxf2　　　4. bxh8+

219：1. ab6! cxa5　　　2. hg5 fxh4　　　3. cb4 axc3　　　4. bxh8+

220：1. hg5 fxf2　　　2. gxg5 hxf4　　　3. cb4 axc3　　　4. bxh8+

221：1. cd4! axe5　　　2. cb6 cxa5　　　3. ab4 axc3　　　4. bxh8+

222：1. ed4! cxg5　　　2. ed6 cxe5　　　3. ab4 axc3　　　4. bxh8+

223：1. fg3! hxd4　　　2. cxe5 gxe3　　　3. ed6 cxe5　　　4. ab4 axc3

　　　5. bxh8+

224：1. fg5! fxh4　　　2. cd6 cxe5　　　3. cb4 axc3　　　4. bxh8+

225：1. ef4! gxe5　　　2. hg5 fxh4　　　3. cb4 axc3　　　4. bxd8+

226：1. dc5! dxd2　　　2. cxe3 axc1　　　3. ed4 cxg5　　　4. hxd8+

227：1. fg3! hxf2　　　2. exg1 gxc5　　　3. cb4 axc3　　　4. bxh8+

228：1. ed6! cxe5 (1. ⋯ axc3　2. dxb8+)　2. cb2 axc3　　　3. bxh4+

229：1. cd6! cxc3　　　2. cb2 gxe5　　　3. bxh8+

230：1. de5! fxb6　　　2. cb2 cxe5　　　3. ab4 axc3　　　4. bxh8+

231：1. dc3! exg3　　　2. ef4 gxe5　　　3. cb4 axc3　　　4. bxd8+

232：1. cb4! axc3　　　2. ed4 gxc5　　　3. cb2 dxf4　　　4. bxd8+

233：1. cd4! exc3　　　2. ed4 cxe5　　　3. cb2 axc3　　　4. bxh8+

234：1. hg5! fxh4　　　2. ef2 cxe5　　　3. cb2 axc3　　　4. bxh8+

235：1. ef4! gxe3 (gxe5)　　　　　　2. ab4 axc3　　　3. bxh4+

236：1. gf2! gxe1　　　2. cb4 exc3　　　3. bxh8+

237：1. ef4! exe1　　　2. cd6 cxe5　　　3. cb4 exc3　　　4. bxh8+

238：1. cb2! exg3　　　2. ed2 gxc3　　　3. bxh8+

239：1. ef6! gxe1　　　2. cd2 exc3　　　3. bxd8+

240：1. fe5! hxf4 (1. ⋯ dxf4　2. bxf8+)　2. exg5 dxh6　3. bxf8+

241：1. hg7! fxh8 (1. ⋯ cxa3　2. gxc7+)　2. fe5 dxf4 (2. ⋯ cxa3

　　　3. exc7 ed6　4. cxe5 hg7　5. ed6 gf6　6. dc7 fe5　7. cb4 axc5

　　　8. cb8 ed4　9. ba7+)　3. bxf8 fg3　4. fc5+

242：1. ef4! gf6　　　2. hg5 fxh4　　　3. fe5 dxf4　　　4. bxh8+

243：1. fg5! hxf4 (1. ⋯ dxf4　2. bxb8+)　2. de3 fxd2

　　　3. exc3 dxf4　4. bxh8+

244：1. fg5! hxf4 (1. ⋯ dxf4　2. bxb8+)　2. ef6 exg5　3. gxe5 dxf4　4. bxh8+

245：1. fe5! d×d2　2. b×f8 dc1　　3. ab4 c×c5　　4. f×a3+

246：1. gf4! e×g3　2. hg5 h×d2　　3. e×a5 g×e1　　4. b×f8

247：1. fe3! h×d4　2. dc3 e×g3　　3. c×e5 d×f4　　4. b×f8+

248：1. cb4! h×d4　2. dc3 e×g3　　3. c×e5 d×f4　　4. b×d×f8+

249：1. cb2! h×d4　2. gh2! e×g3　　3. c×e5 d×f4　　4. b×c1+

250：1. hg5! f×h4　2. cd4 e×c3　　3. fe5 d×f4　　4. b×b8+

251：1. bc3! f×b2　2. g×e5! d×f4　3. b×b8

252：1. hg7! g×e3　(1. ⋯ f×h6　2. cb4 g×e3　3. b×f8+)　2. f×b6 a×c5
　　　3. cb4 f×h6　　4. b×f8+

253：1. hg7! f×h6　2. fg5 h×f4　　3. g×c7 d×b6　　4. b×f8+

254：1. hg7! f×f4　2. de3 f×d2　　3. e×e5 d×f4　　4. b×f8+

255：1. fg3! h×d4　2. c×g7 f×h6　　3. fe5 d×f4　　4. b×f8+

256：1. ef6! e×e3　2. cd4 e×c5　　3. b×b8+

257：1. gf6! e×e3　2. cd4 a×e5　　3. gf4 e×g3　(e×g5) 4. h×d8+

258：1. dc5! b×f2　2. e×g3 g×e3　　3. cd4 e×c5　　4. b×b8+

259：1. de5! f×f2　2. g×e1 g×e3　　3. cd4 e×c5　　4. b×f8+

260：1. dc5! b×f6　2. ed4 g×c5　　3. b×b8+

261：1. cd6! c×c7　2. gf4 g×e3　　3. cd4 e×c5　　4. b×b8+

262：1. fg3! h×b2　2. a×c3 g×e3　　3. cd4 e×c5　　4. b×b8+

263：1. fg7! f×h6　2. fg3 h×f2　　3. e×g1 g×c5　　4. b×f8+

264：1. ef6 e×g5　2. fg3 h×f2　　3. e×g1 g×c5　　4. b×b8+

265：1. cb6! e×e1　(1. ⋯ a×e3　2. d×f8+)
　　　2. gf2 e×g3　3. h×f2 a×c5　　4. b×f8+

266：1. cb6! a×c5　2. hg5 f×h4　　3. fe5 d×f4　　4. b×b8+

267：1. ed4! g×e3　2. d×f c×f4　　3. cb6 a×c5　　4. b×f8+

268：1. cd4! e×c3　(1. ⋯ a×c3　2. d×h8+)
　　　2. g×e5 d×f4　3. cb6 a×c5　　4. b×f8+

269：1. fe3! h×d4　2. cb4 f×h4　　3. b×b8+

270：1. ed4! g×c5　2. cb4 d×f4　　3. b×f8+

271：1. ed4! c×e3　(1. ⋯ g×e3　2. cb4 d×f4　3. b×b8+)
　　　2. f×d4 g×c5　3. cb4 d×f4　　4. b×b8+

272：1. ab4! c×a3　2. ed4 g×c5　　3. cb4 d×f4　　4. b×b8+

273：1. b×d6! e×g3　2. cb4 c×e5　　3. ab6 a×c5　　4. b×h2+

274：1. ab6! a×c5　(1. ⋯ c×a5　2. e×c7+)　2. cb4 d×f4　3. b×b8+

275：1. fe5! h×d2　2. e×c3 d×f4　　3. cb4 g×e5　　4. b×b8+

276：1. gf4! g×g1　2. cd4 g×c5　　3. b×b8+

277：1. ef4! g×c1　(1. ⋯ g×c5　2. b×h6+)　2. ed2 c×c5　3. b×h6

278：1. cb4! e×a1　2. ed4 a×e5　　3. ab6 a×c5　　4. b×f8+

279: 1. gf4! exg3   2. ed2 gxe1   3. cb4 exe5   4. bxf8+

280: 1. hg5! fe3   2. ab6 hxf4   3. bxh8+

281: 1. hg5! exg3   2. ef4 gxe5   3. ab6 hxf4   4. bxd8+

282: 1. bc5! ef4   2. cd6! exc5   3. ab6 fxh6   4. bxf2

283: 1. ef4! gxe3   2. ed2! exc1   3. ab4 cxc5   4. bxh8+

284: 1. ef6! exg5 (1. … gxe5   2. cb4 axc3   3. dxf4+)

       2. hxf6 gxe5   3. cb4 axc3   4. df4+

285: 1. ef4! gxe5   2. cb4 axc3   3. dxf4+

286: 1. fg5 fxh4   2. ef6 gxc3   3. dxb8+

287: 1. ed4! cxe3   2. cb4 axc5   3. gf4 exg3   4. hxd8+

288: 1. ab4! cxa3   2. cb4 axc5   3. ed6 cxc3   4. dxf8+

289: 1. fg5! hxf4   2. exe7 dxf8   3. cb4 axc3   4. dxf4

290: 1. hg5! hxf4   2. gxc7 dxb6   3. cb4 axc3   4. dxh6+

291: 1. fg5! hxf6   2. hg7 fxh6   3. cb4 axc3   4. dxf8+

292: 1. bc3! fxh4 (1. … dxb2   2. axc3 fxh4   3. hg7) 2. hg7! cb4?

       3. cb4 axc3   4. dxf8+

293: 1. gf4 gxg1 (1. … gxc5   2. cb4 axc3   3. dxf8+) 2. hg3 gxc5

       3. cb4 axc3   4. dxf8+

294: 1. ed4! cxe3   2. cb4 axc5   3. gh4 exg3   4. hxb6+

295: 1. cb6! cxa5   2. ed4 gxc5   3. cb4 axc3   4. dxf8+

296: 1. cd4 exc3   2. gxe5! fxd4   3. cxe3 axc5   4. dxb8+

297: 1. cb4! axc5   2. ef4 gxe3   3. dxb4+

298: 1. ed6! exc5   2. hg3 hxf2   3. exg1 cxe3   4. dxf8+

299: 1. bc5! ha7   2. cd6 exe3   3. dxb8+

300: 1. cb6! axc5   2. ed4 cxe3   3. hg3 fxh2   4. dxf8+

301: 1. hg5! fxh6 (1. … fxh4   2. dxb6+) 2. cd6 exe3 3. dxb8+

302: 1. hg3! axe3   2. ef2 fxh2   3. dxb8+

303: 1. bc5! dxb4   2. ab6 axe3   3. dxh6 bd2   4. cxe3+

304: 1. cb4! axa1 (1. … axe5   2. ef4 gxe3   3. dxf8+)

       2. gh2 axe5   3. ef4 gxe3   4. dxf8+

305: 1. hg5! fxh4 (1. … hxf4   2. exg7 dxf6   3. fg3 cxe3   4. dxb8+)

       2. dxf6 gxe5   3. ed4 cxe3   4. dxb8+

306: 1. ed6! cxe5   2. fg3 hxf2   3. exg1 cxe3   4. dxh6+

307: 1. ed6! cxe5   2. cb6 axe3   3. dxh6+

308: 1. fe3! axc5   2. exg5 hxf6   3. cd4 cxe3 (exc3)   4. dxb8+

309: 1. hg5! fxh6   2. cb6 axc5   3. cd4 cxe3 (exc3)   4. dxb8+

310: 1. cb4! axe5   2. ed4 cxe3 (exc3)   3. dxb8+

311: 1. cb4! axc5   2. ef6 gxe5   3. ed4 cxe3 (exc3)   4. dxb8+

312: 1. cb6! axc7 (1. … axc5 2. cb4 axc3 3. dxf4)

2.cb4 axc5   3. ed4 cxe3 (exc3)   4. dxb8+

313: 1. fg5! axc3 (1. … hxf4 2. gxc7 dxb6 3. bxh6+)

2. cd2 hxf4   3. gxc7 dxb6   4. dxh6+

314: 1. cb4! axc3   2. fe5 fxd4   3. cd2 hxf6   4. dxb8+

315: 1. ab4! axc3   2. ed4 gxc5   3. cd2 dxf4   4. dxb8+

316: 1. cd2! axc1   2. cd4 exc3   3. dxb8 cxg5 (3. … cxf4 4. bxh2+)

4. hxf4+

317: 1. ef4! gxe3   2. ed6 cxe5   3. ed2 axc7   4. dxb8+

318: 1. ef4 gxe3   2. cd4 axe5   3. ed2 dxb4   4. dxb8+

319: 1. bc3! exg5 (1. … dxb2 2. fxb6+)

2. ef4 gxe3   3. ed2 dxb2   4. dxb4+

320: 1. ef4! exa1   2. fe5 fxd4   3. cb2 axc3   4. dxf8+

321: 1. ef4! cxg5   2. gh4 fxd4   3. hxh8+

322: 1. ef4! gxg1   2. bc5 bxd4   3. ef2 gxe3   4. dxf8+

323: 1. hg5! hxf4   2. exe7 fxd6   3. dxh8+

324: 1. hg3! fxh2   2. hg5 fxh4   3. dxd8+

325: 1. cb4! axe1   2. gh4 exg3   3. hxb4 axc5   4. hxh8+

326: 1. fe5! dxd2   2. bxd6 dxb4   3. axc3! cxe5   4. dxh8+

327: 1. fe5! dxh2 (1. … dxd2 2. bxd6 dxb4 3. axc3 cxe5 4. dxh8+)

2. bxd6 cxe5   3. dxh8+

328: 1. gf2! axe1   2. gh4 exg3   3. hxd6 cxe5   4. hxd4+

329: 1. ed6! cxe5   2. gh4 axc7   3. hg5 fxh4   4. dxh8+

330: 1. cb2! axc1   2. dc3 cxf4   3. exg3 cxe5   4. dxd8+

331: 1. cd6! exc5   2. ed6 cxe7   3. ef4 gxe5   4. dxd8+

332: 1. ef4! dxd2   2. exc3 gxe5   3. hg7 fxh8   4. dxd8+

333: 1. ed6! exa3   2. cb4 axc5   3. dxd8+

334: 1. dc3! bxf4   2. cb2 axc1   3. ed2 cxe3   4. dxh8+

335: 1. cd2 axc1   2. de5 dxf4   3. ed4 cxe3   4. dxb6+

336: 1. ef2! gxe1   2. cd4 exa1   3. dxd8 axf6   4. dxh4+

337: 1. hg5! fxh4   2. cb4 axc3   3. de4 cxa5   4. dxh8+

338: 1. bxd6! exg3   2. ed4 cxe5   3. dxh8+

339: 1. ab6! cxa7 (1. … gxe5 2. bxd8+) 2. ed4 gxe5 3. dxd8+

340: 1. ef6! exg5   2. dc3 bxd2   3. exc1 gxe3   4. fxd8+

341: 1. ab6! cxc3   2. bxb6 axc5   3. ef4 gxe3   4. fxb6+

342: 1. ab6! gxe3   2. bxf6 gxe5   3. fxf6+

343: 1. bc5! dxd2   2. exc1 gxe3   3. fxh8 hxf2   4. gxe3+

344: 1. cb6! cxa5   2. gf6 exg5   3. bc5 dxd2   4. exc1 gxe3   5. fxh8+

345：1. hg7! fxd2　　2. cxe1 axc3　　3. bxd8+

346：1. bc5! bxb2　　2. dc3 bxd4　　3. exc5 dxb4　　4. axc5 gxe3　　5. dxa5+

347：1. gf6! exg5　　2. cd4 exc3　　3. gf4 gxe3　　4. fxd8+

348：1. hg3! dc7　　2. fe5! dxb4　　3. gf4 gxe3　　4. fxh8+

349：1. ed4! cxe3　　2. cb4! axc5　　3. ef2! +

350：1. ab6! cxc3　　2. hg5 fxh4　　3. ed4 cxe3　　4. fxh8+

351：1. ab6! gxe3　　2. cxa5 axc5　　3. fxb6+

352：1. ed6! exc5　　2. dxb6 axc5　　3. ef4 gxe3　　4. fxb6+

353：1. ba5! exc3　　2. cb6 axc5　　3. gf4 gxe3　　4. fxd8+

354：1. cb6! axc5　　2. gf4 gxe3　　3. fxh8+

355：1. cb4! axc5　　2. ef4 gxe3　　3. fxh4+

356：1. cb6! axc7　　2. cb4 axc5　　3. ef4 gxe3　　4. fxf6+

357：1. cd6! exc7　　2. cb4 axc5　　3. ef4 gxe3　　4. fxh4+

358：1. ed4! cxe3　　2. fxd2 axc5　　3. gf4 gxe3　　4. fxd8+

359：1. cb4! dxd2　　2. cxe3 axc5　　3. ef4 gxe3　　4. fxd8+

360：1. cb4! axc5　　2. ed4 exc3　　3. gh4 gxe3　　4. fxf6+

361：1. ef2 cxa3　　2. cb4 axc5　　3. ef6 exe3　　4. fxd8+

362：1. ef6! gxg3　　2. h6xf4! gxe5　　3. ed4 cxe3　　4. fxd8+

363：1. de5! fxd4　　2. cd6 cxe5　　3. bc3 dxb2　　4. fxh8+

364：1. hg5! exc7　　2. cd6 fxh6　　3. ef2 cxe5　　4. fxh8+

365：1. ef4! gxe3　　2. de5 dxf4　　3. bxd6 cxe5　　4. fxh8+

366：1. bc3! gxe3　　2. cb4 axe5　　3. fxh8+

367：1. bc5! gxe3　　2. ab6 cxa5　　3. ab4 axe5　　4.fxh8+

368：1. gh4! exg3　　2. hxf6 exg5　　3. fxf6+

369：1. bc3! ba5　　2. hg3 axe5　　3. gf4 exg3　　4. fxh8+

370：1. cd4! axe5　　2. fxd6 cxe5　　3. gf4 exg3　　4. fxh8+

371：1. ed6! cxe7　　2. cb4 axe5　　3. gf4 exg3　　4. fxa5+

372：1. cd4! axe5　　2. hg3 dxb4　　3. gf4 exg3　　4. fxh8+

373：1. gf6! exg5　　2. dc5 dxb4　　3. ed6 cxg3　　4. fxh8+

374：1. ab4! cxa3　　2. ed6 cxg3　　3. fxh8+

375：1. cb4! axe5　　2. ef4 exg3 (gxe3)　　3. fxd8+

376：1. cb4! axc3　　2. ed4 cxe5　　3. gf4 exg3 (gxe3)　　4. fxa5+

377：1. ed4! cxg5　　2. gf4 exg3　　3. fxh8+

378：1. ed4! cxe3　　2. ab6 axc5　　3. gf4 exg3　　4. hxb6+

379：1. fg3! gxe3　　2. cd6 exc5　　3. ef2 hxf4　　4. fxd8+

380：1. ed4! cxe3　　2. ef2 axc5　　3. fxc8

381：1. gf6! exg7　　2. cd4 cxe3　　3. ef2 axc5　　4. fxd8+

382：1. cb6! axc5　　2. cd4 cxe3　　3. ef2 axc5　　4. fxh4+

383：1. bc3! dxh4　2. ed4 cxe3　　3. ef2 axc5　　4. fxa1+

384：1. fg5! exa3　2. cb4 axc5　　3. gf6 exg5　　4. hxd8+

385：1. cb6! axe3　2. cd4 exc5　　3. ef2 gxe3　　4. fxh8+

386：1. de5! gxe3　2. cb4 axc5　　3. ef2 dxf4　　4. fxh8+

387：1. de3! bc5　2. cd2! cxc1　　3. exg5 cxe3　　4. fxh8+

388：1. fe5! dxf4　2. bxd6 cxe5 (exc5)　3. cb2 axe3　4. fxd8+

389：1. fg5! hxf4　(1. … cxa3　2. ef4 hxf4　3. cb2 axc1　4. ed2 cxe3

　　　5. fxh8 dc5　6. gxe5 fg7　7. hxf6 exg5+)

　　　2. gh4! cxa3　3. cd2 axe3　4. fxh8+

390：1. de3! bxf4　2. cd2 axe3　3. fxh8+

391：1. ab4! cxc1　2. exg5 hxf4　3. cb4 cxe3　　4. fxh8+

392：1. ed4! cxc1　2. hg5 hxf4　3. ed2 cxe3　　4. fxa5+

393：1. cd4! cxc1　2. ed2 cxe3　3. fxh8 hxf2　　4. gxg5+

394：1. ab4! axa1　2. gf4 axg3　3. fxh8+

395：1. cb4! axc3　2. ab2 cxa1　3. cb2 axg3　　4. fxa5+

396：1. cb6 axc7　2. bc5 dxd2　3. fxb8+

397：1. hg7! fxh6　(1. … fxh8　2. dxd8+)　2. dc5 dxb4　3. fxf8+

398：1. ab4! cxa3　2. ed4 gf6　3. dc5 dxb4　　4. fxb8+

399：1. ab4! dxb2　2. bc5 dxb4　3. fxf8 hxf4　　4. fxc1+

400：1. ab4! cxc1　2. exg5 cxg1　3. fxb8 hxh2　　4. ba7+

401：1. dc5! dxb4　2. ef6 gxe5　3. fxb8+

402：1. bc3! ba3　(1. … ef6　2. cxa5 fxd4　3. fg5 hxf4　4. gxc3+)

　　　2. cb4 axc5　3.ed6 cxe7　4. fxf8+

403：1. ab6! cxc3　2. ed4 cxe5　3. fxf8+

404：1. ab4! cxa3　2. ed4 cxe5　3. fxf8+

405：1. cb4! axc3　2. cb6! cxa5　3. ed4 cxe5　　4. fxf8+

406：1. ef6! gxe7　(1. … gxe5　2. fxb8+)　2. ab4 axc3　3. ed4 cxe5　　4. fxf8+

407：1. ed6! cxe7　(1. … cxe5　2. fxb4+)　2.cb4 axc3　3. ed4 cxe5　　4. fxb8

408：1. cb4! axc3　(1. … fxd4　2. bxb8+)　2.ed6 cxe7　3. ed4 cxe5　　4. fxb8+

409：1. de5! fxd4　2. hxf6 gxe5　3. fxb8+

410：1. de5! fxd4　2. hxf6 gxe5　3. exe7 dxf6　　4. fxb8+

411：1. ab4! cxc1　2. cb4 axe5　3. fxf8 cxf4　　4. gxg7+

412：1. ab4! axa1　2. ed4 axe5　3. fxb8+

413：1. gf2! ba7　2. cb4! axa1　3. cd2 axe5　　4. fxb8+

414：1. cb4! axe5　2. ef4 bxd4　3. fxb8+

415：1. cd4! exc3　2. dxb4 axc3　3. gf4 cxa5　　4. fxf8+

416：1. ab6! cxc3　2. gh4 dxb4　3. hxb2

417：1. ab4! cxa3　(1. … hxf2　2. bxb8+)　2. ef4 hxf2　　3. fxb8+

418：1. cb4! axe1　2. gf4 exg3　　　3. fxf8 gxd6　　4. fxa7+

419：1. gf2! axc3　2. cd2 cxe1　　　3. gh4 exe5　　4. hxd8+

420：1. cd4! exa1　(1. … exe1　2. bc3! exa5　3. cd2 axe1　4. gh4 exe5
　　　5. hxd8+)　　2. cb2 axe1　　　3. gh4 exe5　　4. hxd8+

421：1. fe5! dxf4　2. cd4 axe5　　　3. de3 fxd2　　4. hxb8+

422：1. ab4! axe5　2. cb6! cxa5　　　3. gf4 exg3　　4. hxf8+

423：1. cd4! ba5　2. fg3 axe5　　　3. gf4 exg3　　4. hxf8+

424：1. gh4! exg3　2. cxe5 dxd2　　3. hxf6 gxe5　　4. hxb4+

425：1. ed6 cxe5　2. gh2 axc7　　　3. hxb8+

426：1. gf6! gxe5　2. hg7 fxh6　　　3. gh2 dxb4　　4. hxf8+

427：1. ef6! gxe5　2. cb2 axc1　　　3. ef4 cxg5　　4. hxd8+

428：1. de5! dxf4　2. cb4! axe1　　3. gh2 fxd2　　4. hb8+

429：1. gf4! exg3　(1. … axc3　2. fxh6+)　2. gh2 axc3　3. hxh6+

430：1. ed2! dxb4　2. cxa5 exe1　　3. gf2 exg3　　4. hxd6+

431：1. bc5! dxb4　(1. … bxd4　2. exe7+)
　　　2. ed4 exc3　　3. ed2 cxg3　　4. hxf8+

432：1. ba3! cxe5　2. ef4 exe1　　　3. gf2 exg3　　4. hxb8+

433：1. cb4! ba5　2. gf4! axe1　　　3. gf2 exg3　　4. hxb8+

434：1. ed6! cxc3　2. cd2 cxe1　　　3. gh4 exg3　　4. hxf8+

435：1. de5! fxd6　(1. … fxd4　2. cxg3+)　2. cb4 axg3　3. hxf8+

436：1. cb4! axc3　2. ed2 cxe1　　　3. gh4 exg3　　4. hxb8+

437：1. dc5! dxb4　2. ba3 bc3　　　3. cd2 cxg3　　4. hxf8+

438：1. ef4! cxg5　2. cb4 axe1　　　3. gh4 exg3　　4. hxb8+

439：1. ef6! gxe5　2. hg7 fxh6　　　3. cd2 cxg3　　4. hxf8+

440：1. ba3! cxe5　2. ab4 axc3　　　3. ed2 cxg3　　4. hxb8+

441：1. fe5! cxa1　2. cb2! a3xc1　(2. … a1xc3　3. dxb2 axc1　4. gf4 cxg5
　　　5. hxh8+)　　3. gf4 cxg5　　4. hxh8 ab4　　5. ef6 axg7　　6. hxa5+

442：1. df4! exe1　2. cd4 axe5　　　3. gf2 exg3　　4. hxb8+

443：1. ef2! axe1　2. hg5 fxh6　　　3. gh4 exg3　　4. hxf8+

444：1. cb2! axc1　2. dc3! cxd6　　　3. dc5 dxg3　　4. hxb8+

445：1. ed4! cxc1　2. axc5 cxe1　　3. gf2 exg3　　4. hxb8+

446：1. ab4! axa1　2. gf4 axg3　　　3. hxf8+

447：1. fe3! fxd2　2. de5 fxb2　　　3. hxb6! axa3　　4. exa1+

448：1. cb4! exa5　2. dc3 bxd4　　　3. cxg7 fxh6　　4. hxd8+

449：1. cb4! axa1　2. cb2 axf2　　　3. exe5 fxd4　　4. hxh8+

450：1. ab6! axc5　2. cd4 cxe3　　　3. gf4 exg5　　4. hxh8+

451：1. cb6! axc5　2. cd4 cxe3　　　3. gh6 exg5　　4. hxh8+

452：1. cb4! axc3　2. dxb4 axc5　　3. exd4 cxg5　　4. hxh8+

453：1. gf6 exg7   2. cd4 cxe3   3. gf4 exg5   4. hxh8+
454：1. ab6! fe5   2. cd6! exa5   3. gf4 exg5   4. hxh8+
455：1. ab6! dxd2   2. fe3 axc5   3. exc1! cxg5   4. hxd8+
456：1. cb4! axc5   2. ef4 exg5   3. cd2 fxd4   4. h xf8+
457：1. gh4! ef6   2. ed4 cxg5   3. ed2 fxd4   4. hxh8+
458：1. ed4 exc3   2. dxb4 axc3   3. gh4 cxa5   4. hxh8+
459：1. fg3! cxa1   2. gh4 axg3   3. hxb6 axc7   4. hxf4+

巴西规则中级战术组合练习题

以下各题，均为白先。

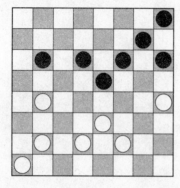

1

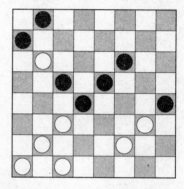

2

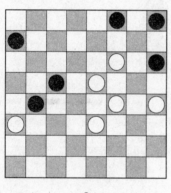

3

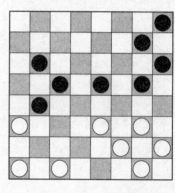

4

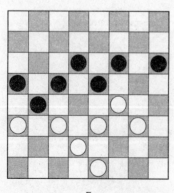

5

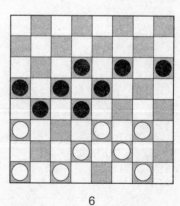

6

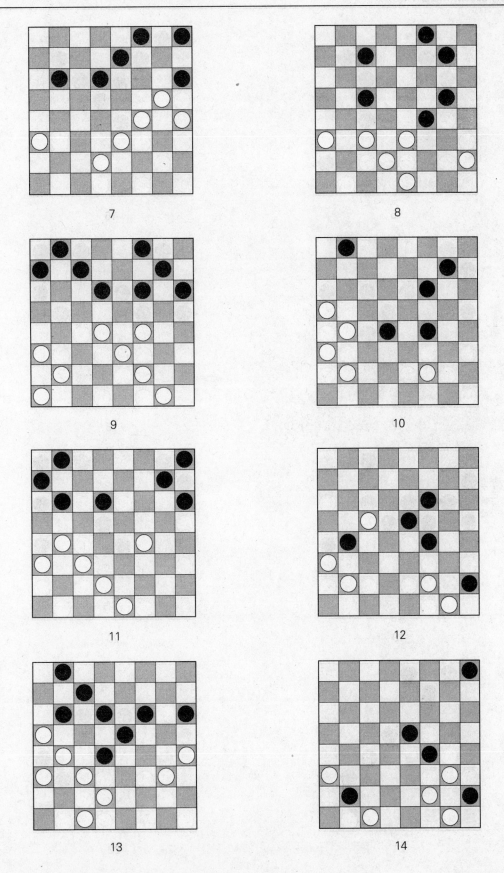

7

8

9

10

11

12

13

14

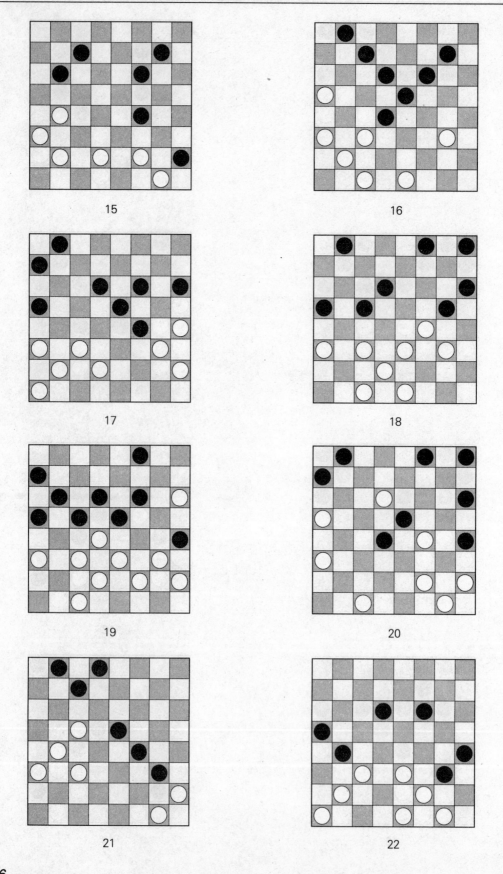

15

16

17

18

19

20

21

22

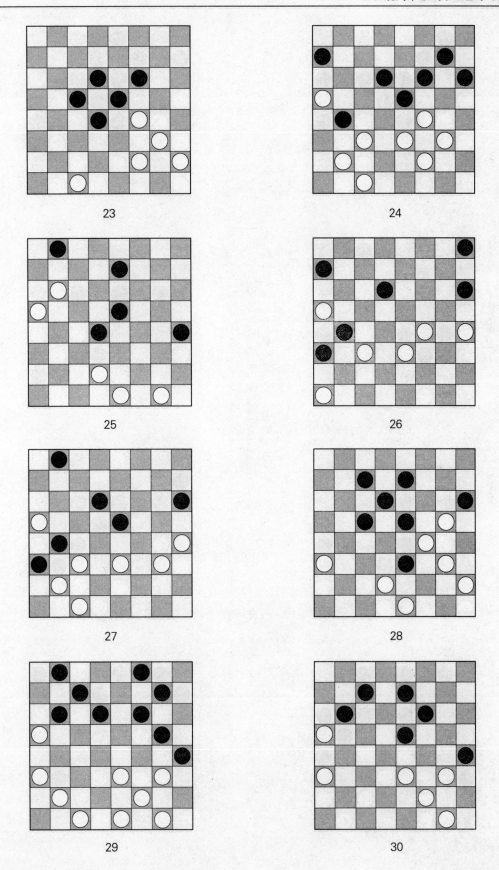

23

24

25

26

27

28

29

30

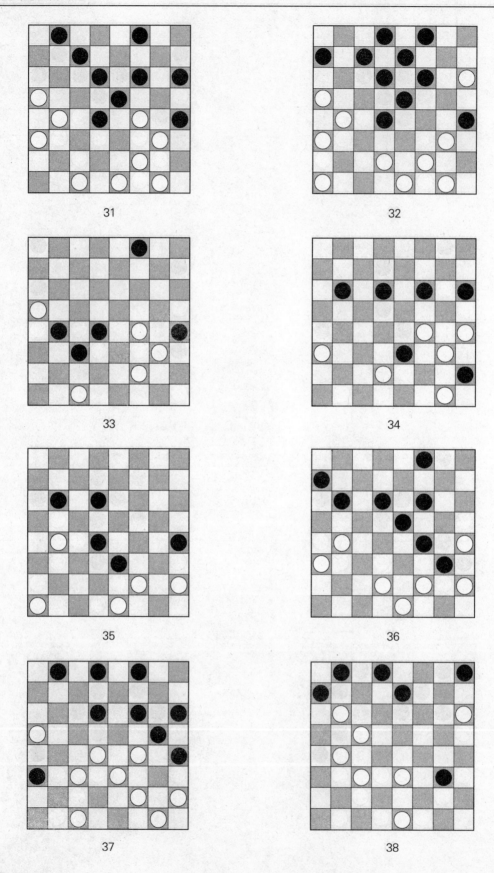

31

32

33

34

35

36

37

38

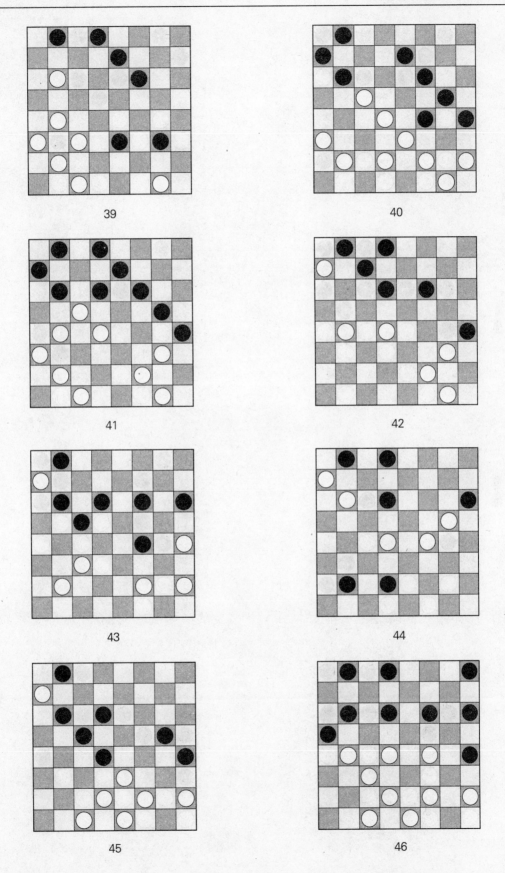

39

40

41

42

43

44

45

46

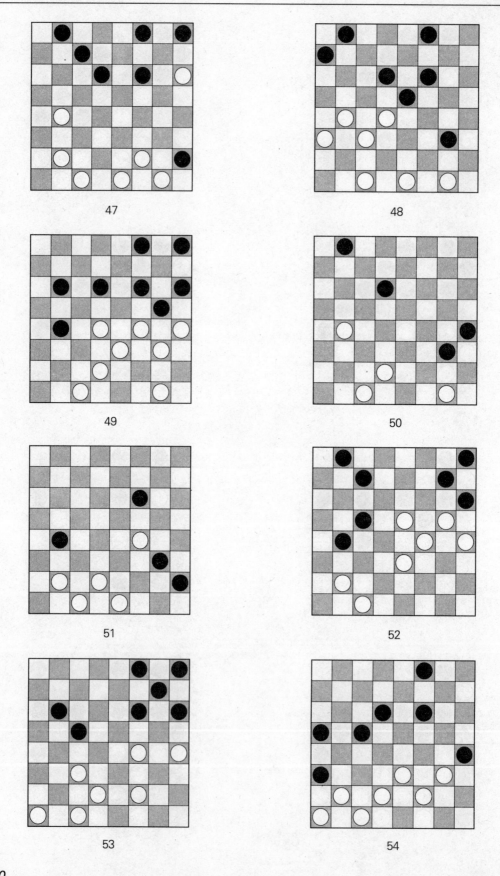

47

48

49

50

51

52

53

54

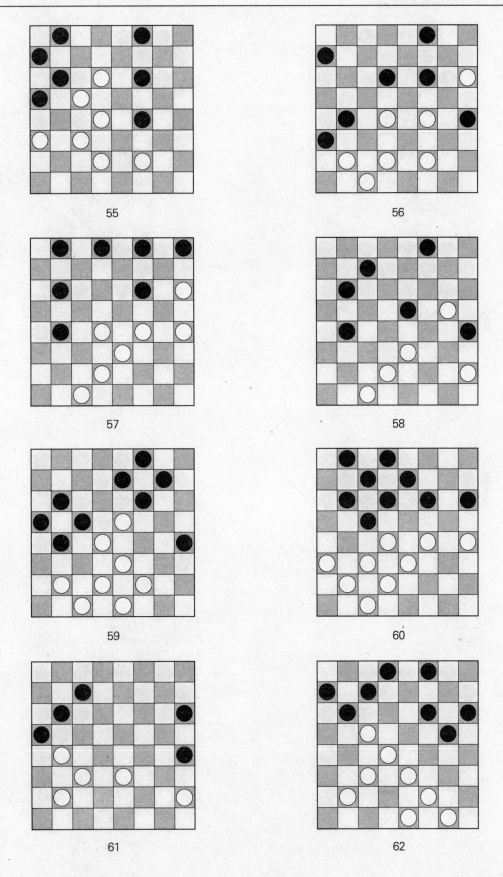

55

56

57

58

59

60

61

62

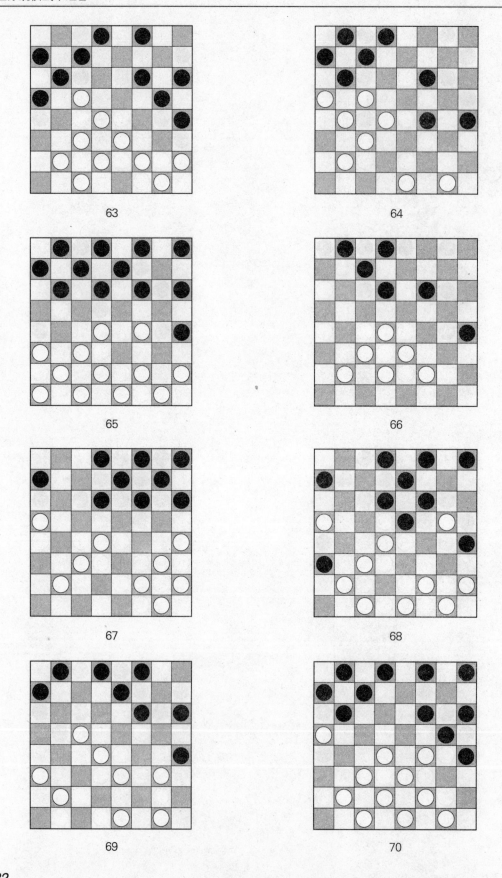

63

64

65

66

67

68

69

70

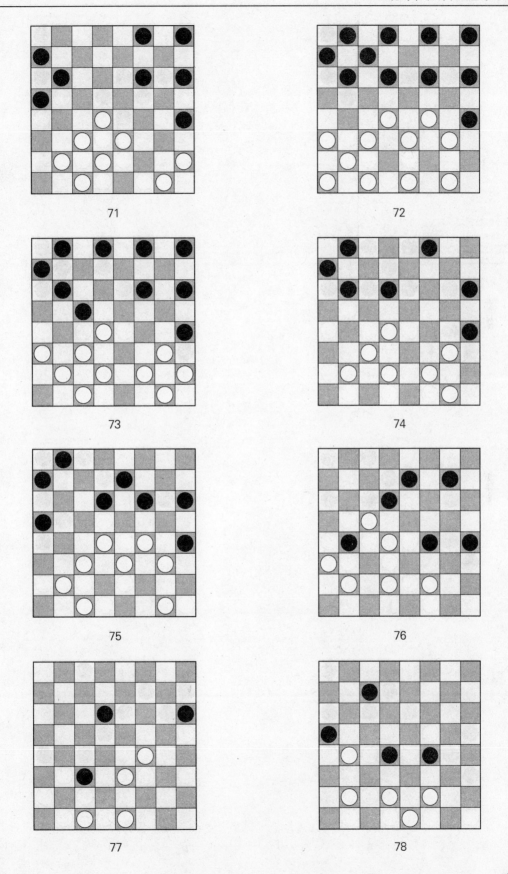

71

72

73

74

75

76

77

78

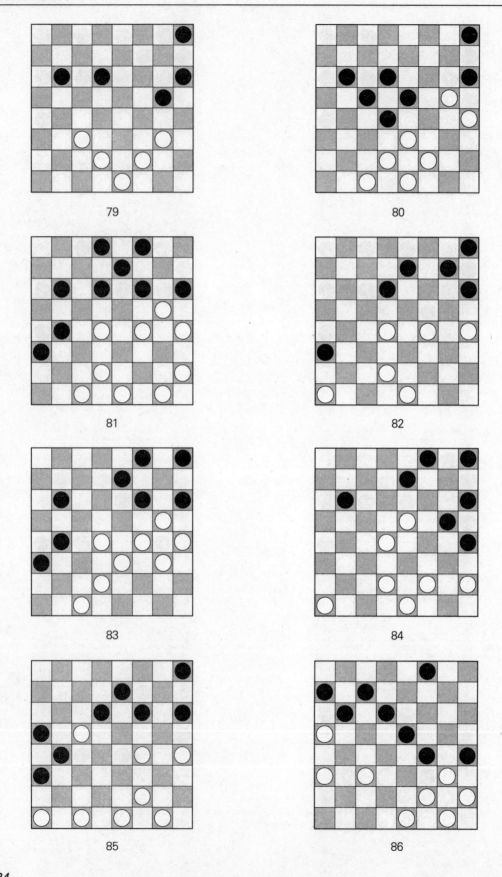

79

80

81

82

83

84

85

86

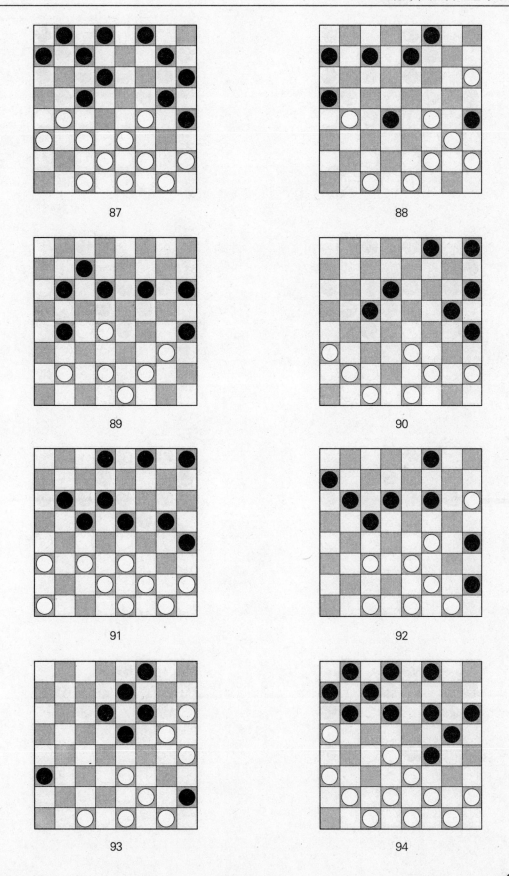

87

88

89

90

91

92

93

94

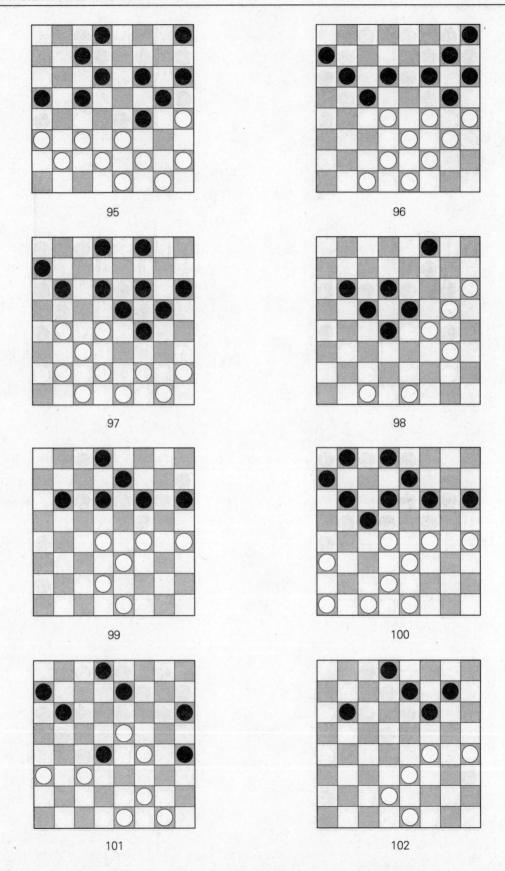

95

96

97

98

99

100

101

102

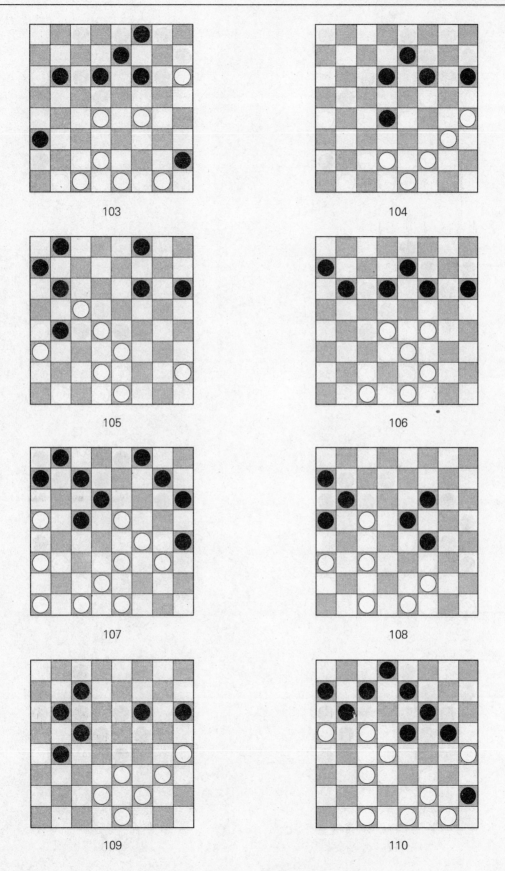

103

104

105

106

107

108

109

110

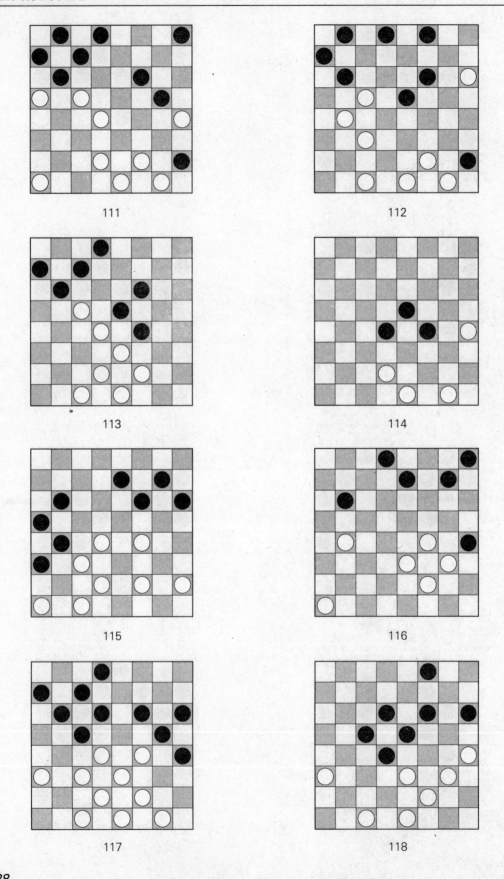

111

112

113

114

115

116

117

118

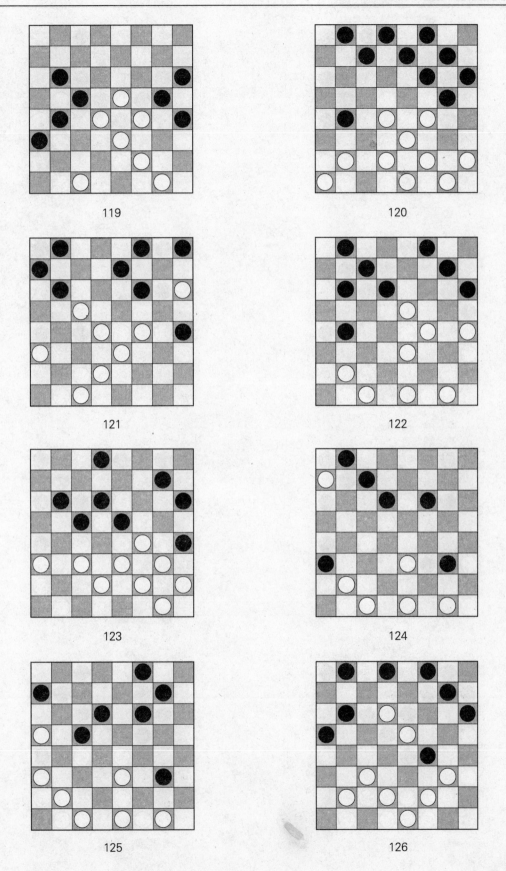

119

120

121

122

123

124

125

126

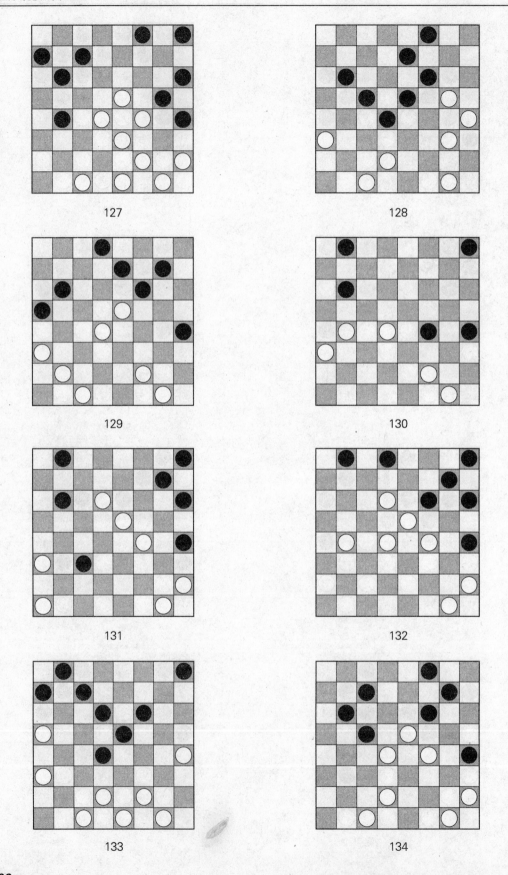

127

128

129

130

131

132

133

134

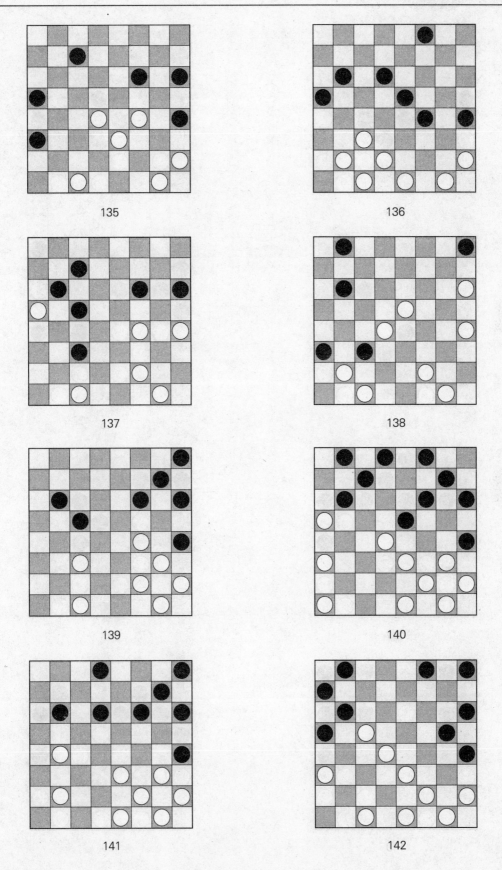

135

136

137

138

139

140

141

142

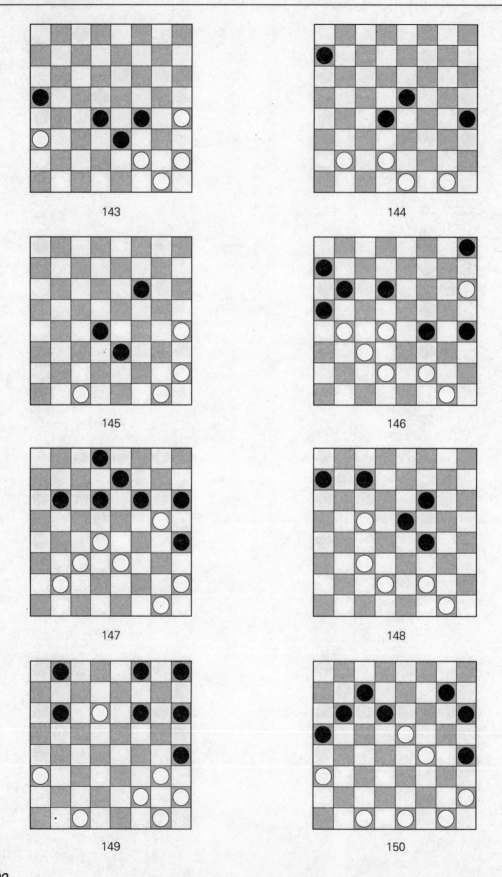

143

144

145

146

147

148

149

150

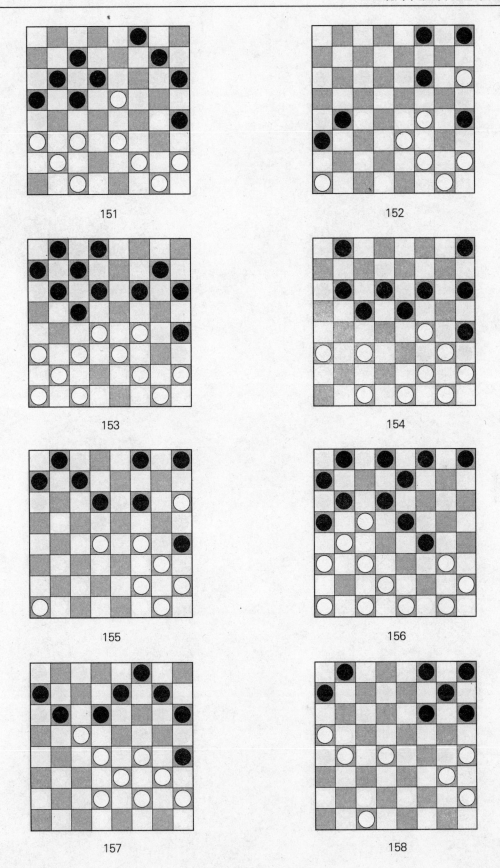

151

152

153

154

155

156

157

158

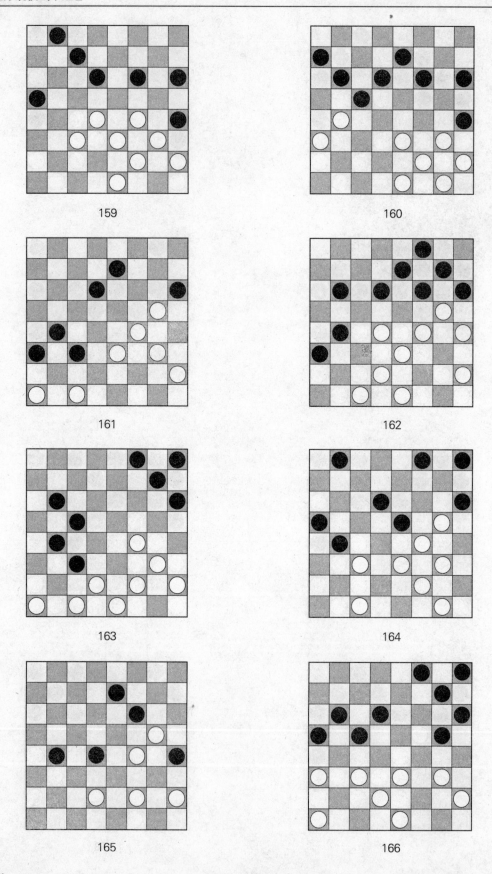

159

160

161

162

163

164

165

166

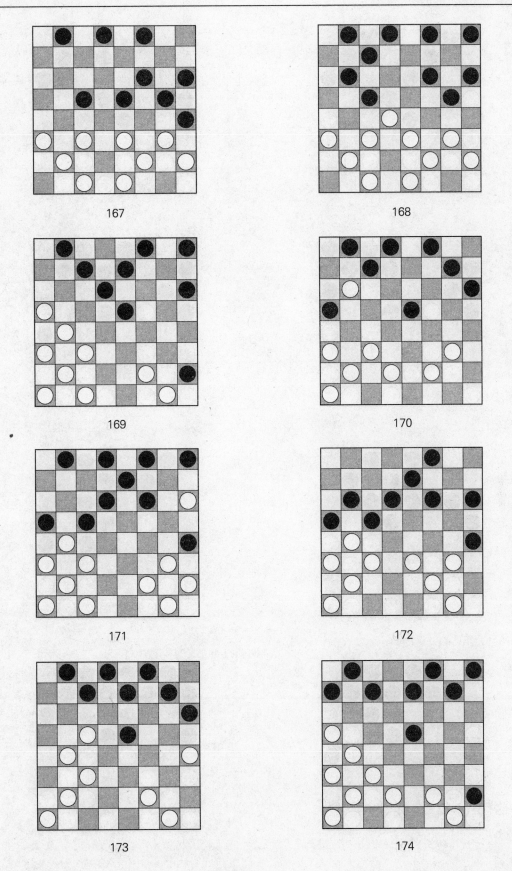

167

168

169

170

171

172

173

174

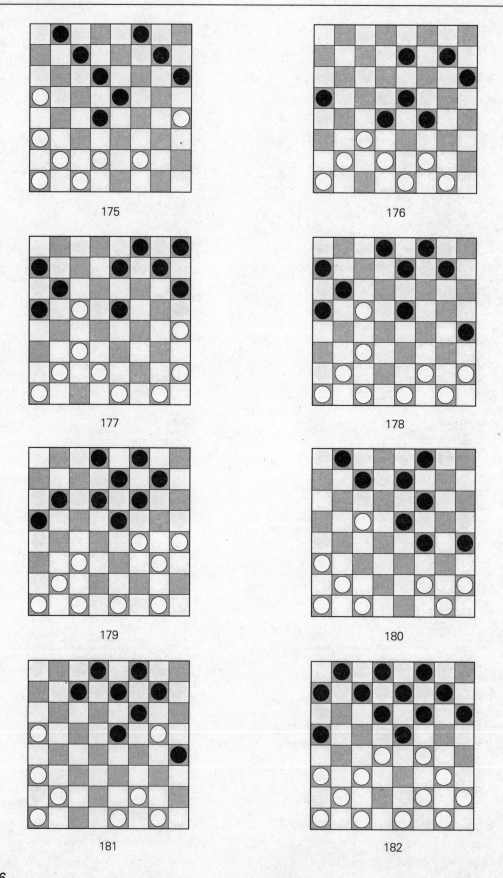

175

176

177

178

179

180

181

182

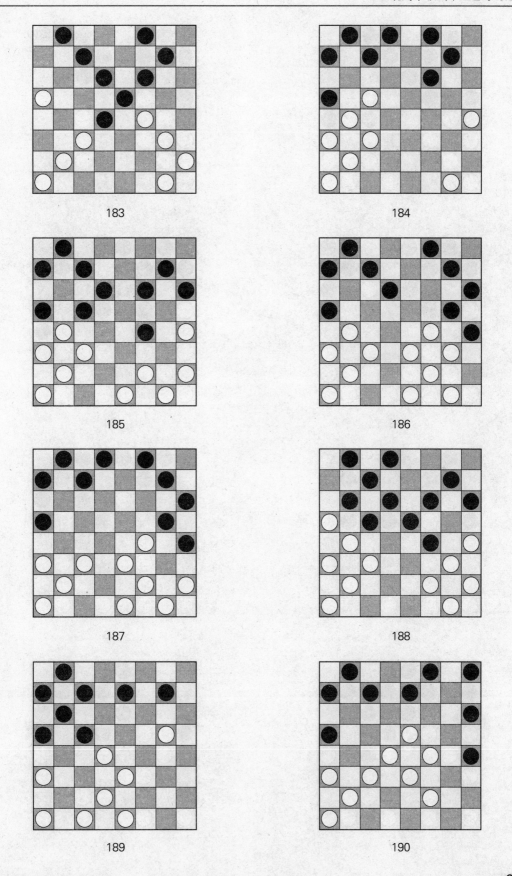

183

184

185

186

187

188

189

190

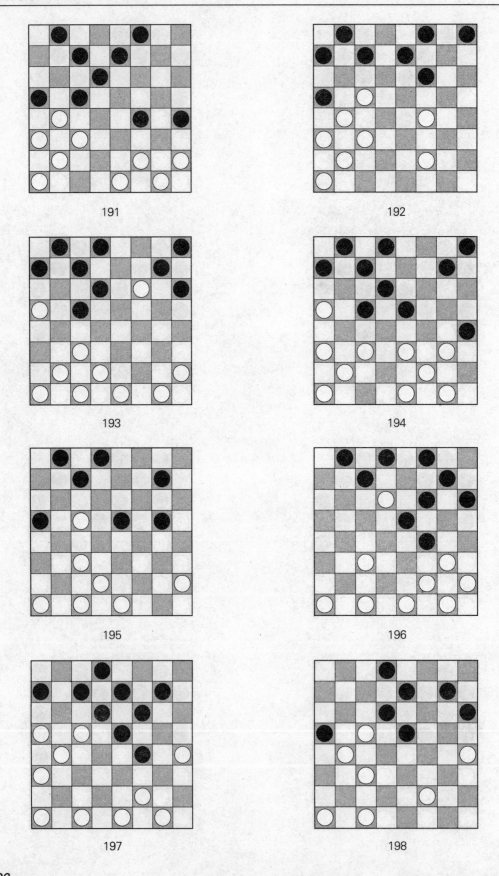

191

192

193

194

195

196

197

198

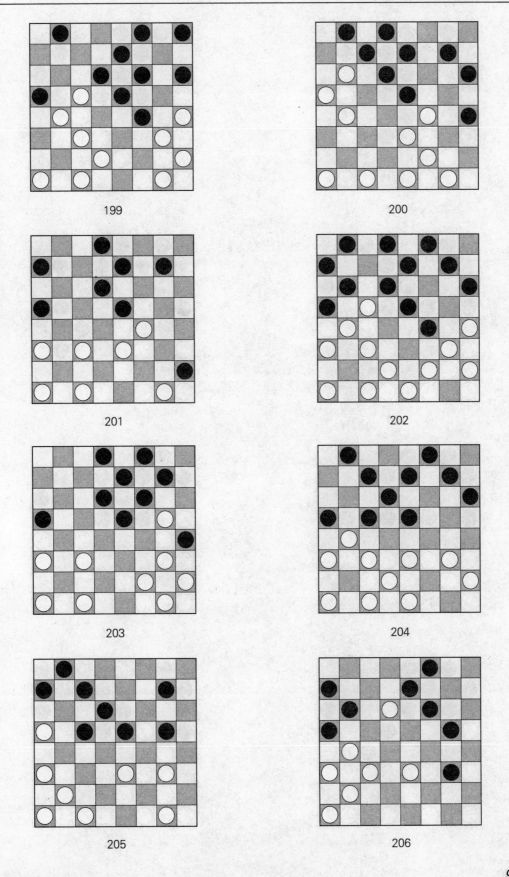

199

200

201

202

203

204

205

206

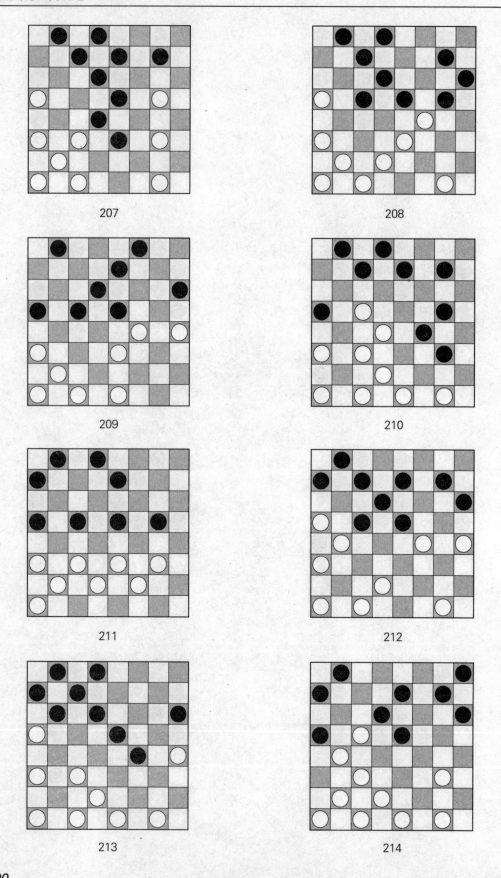

207

208

209

210

211

212

213

214

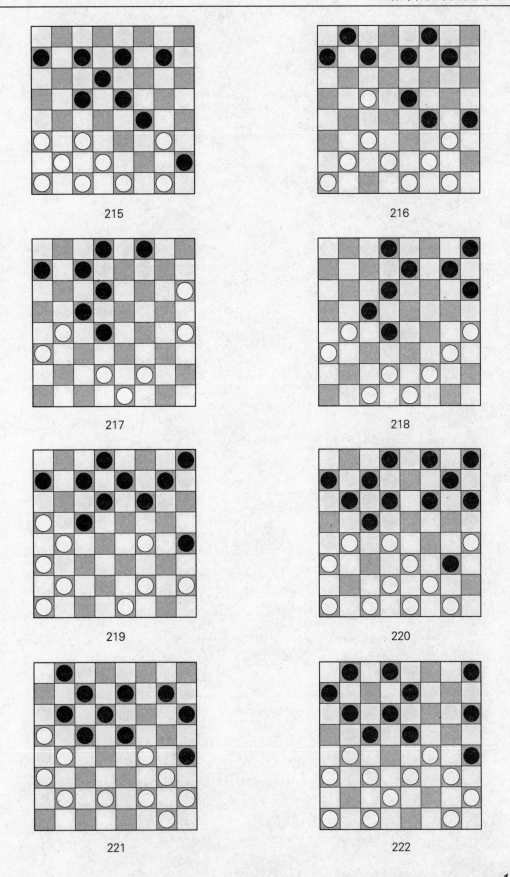

215

216

217

218

219

220

221

222

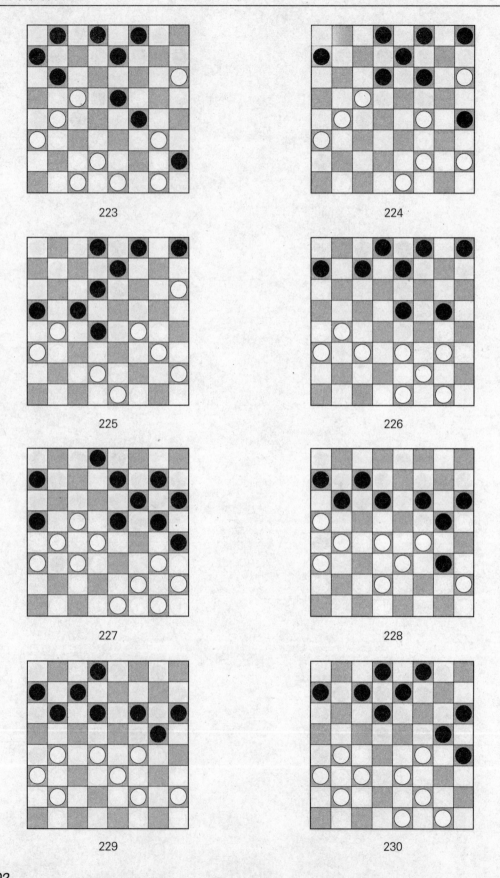

223

224

225

226

227

228

229

230

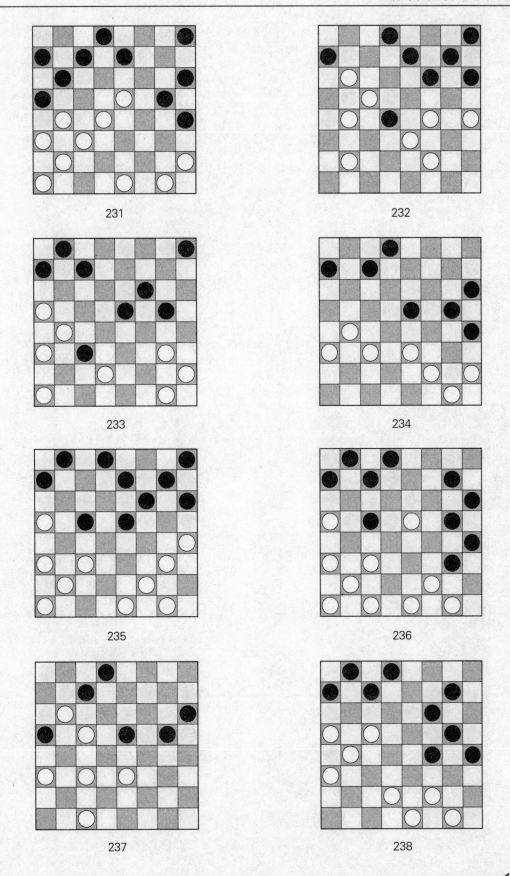

231

232

233

234

235

236

237

238

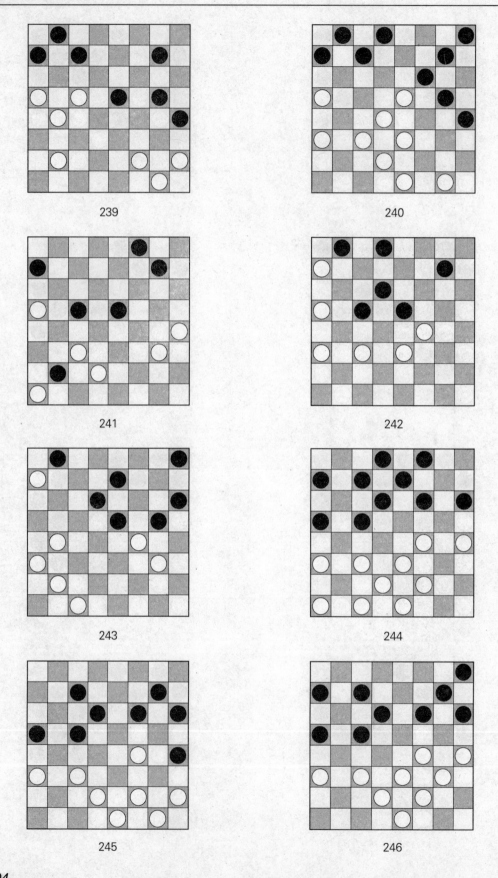

239

240

241

242

243

244

245

246

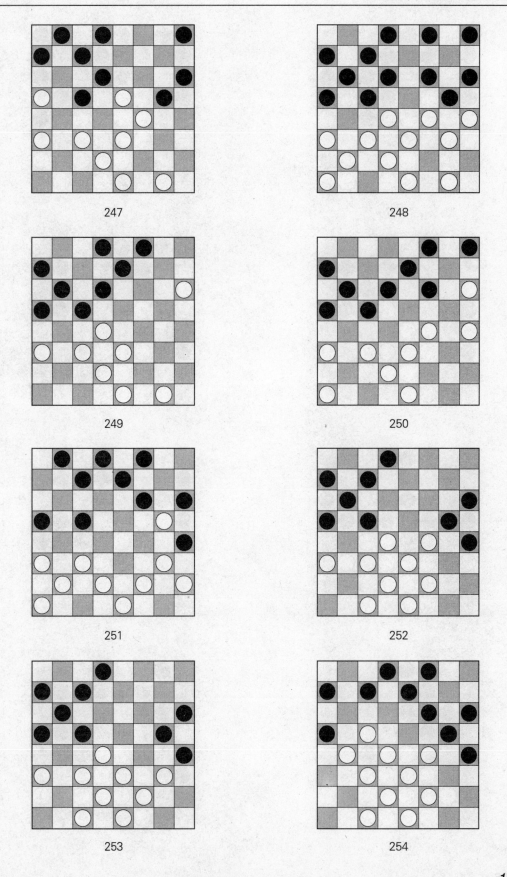

247

248

249

250

251

252

253

254

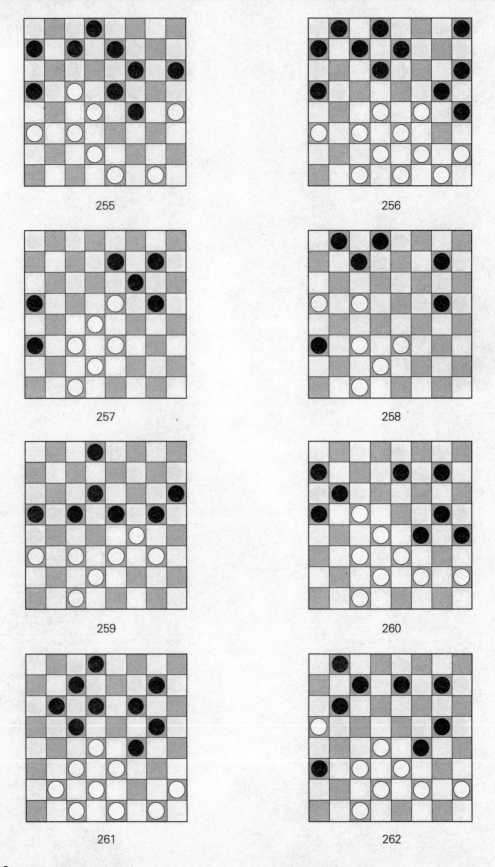

255

256

257

258

259

260

261

262

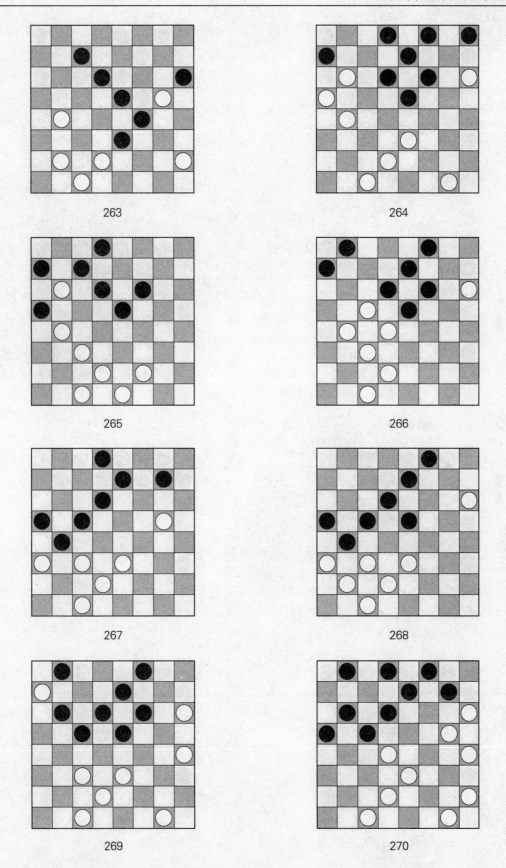

263

264

265

266

267

268

269

270

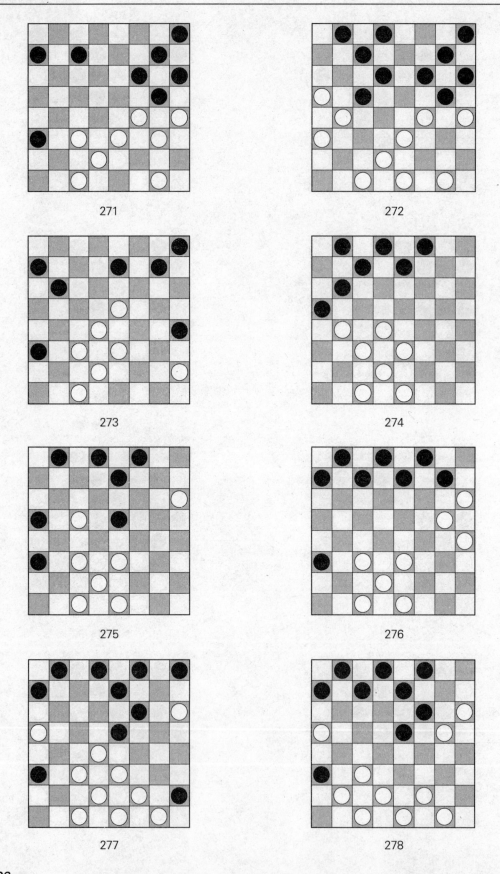

271

272

273

274

275

276

277

278

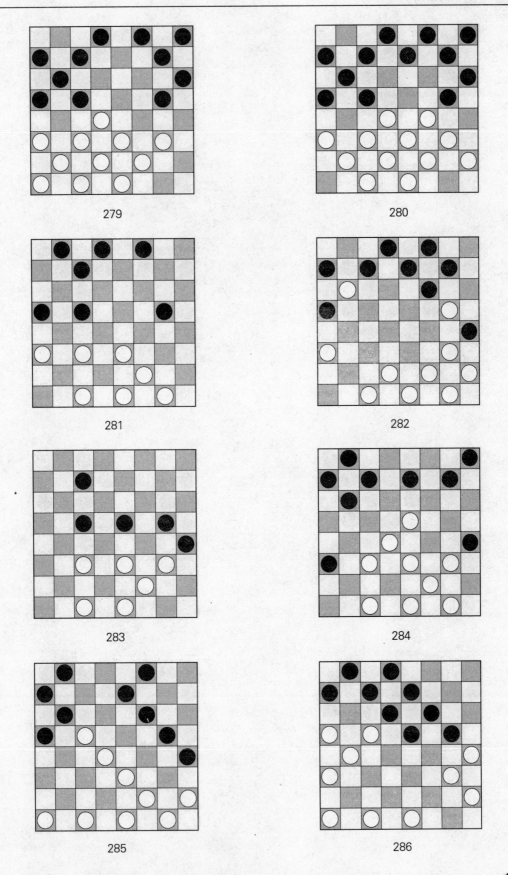

279

280

281

282

283

284

285

286

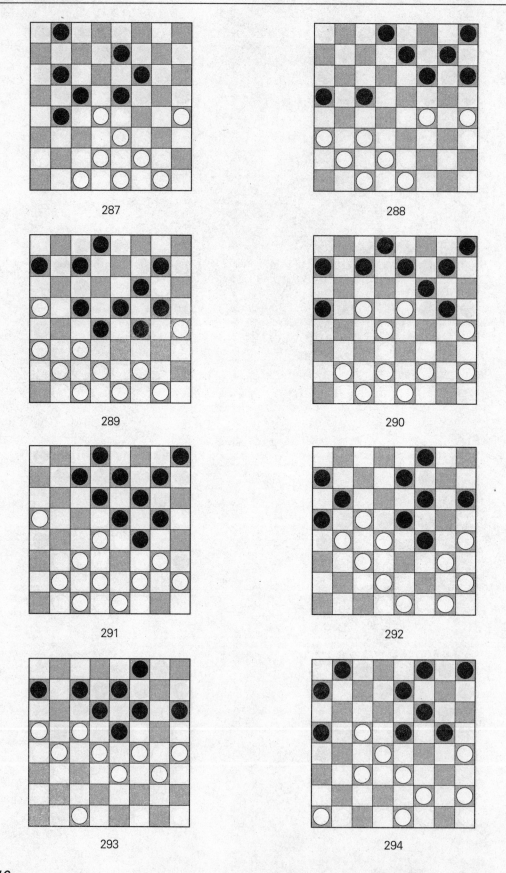

287

288

289

290

291

292

293

294

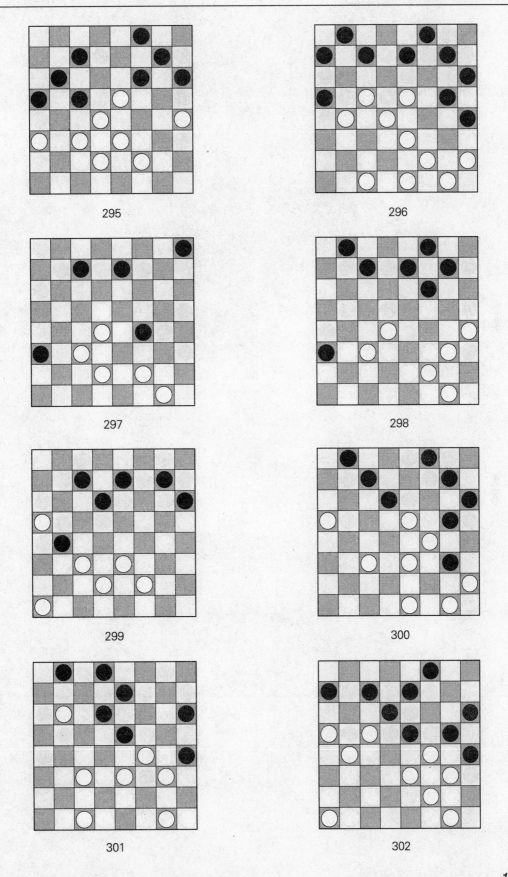

295

296

297

298

299

300

301

302

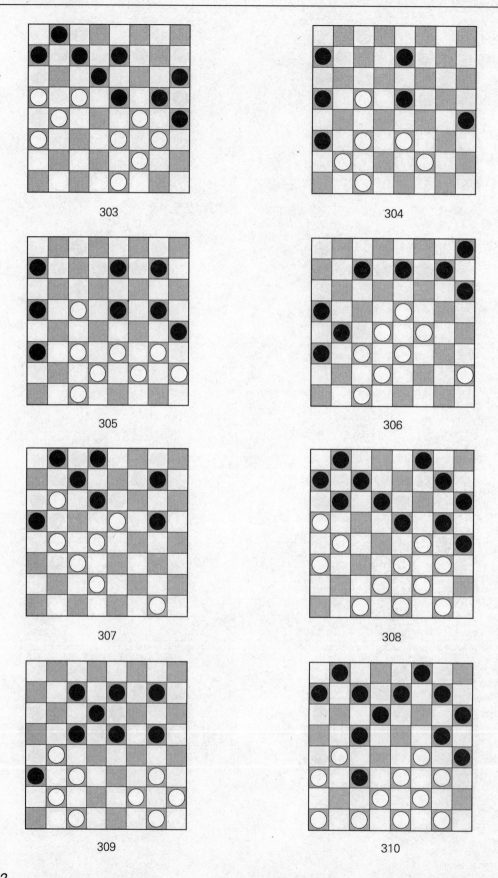

303

304

305

306

307

308

309

310

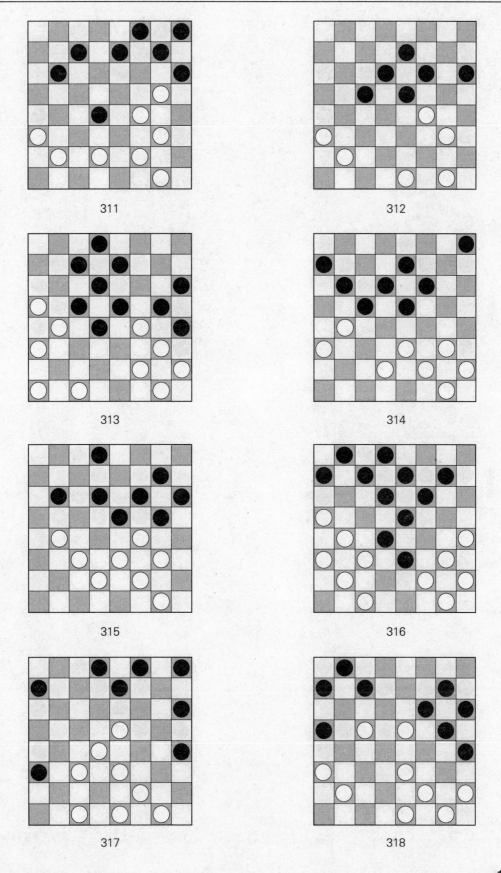

311

312

313

314

315

316

317

318

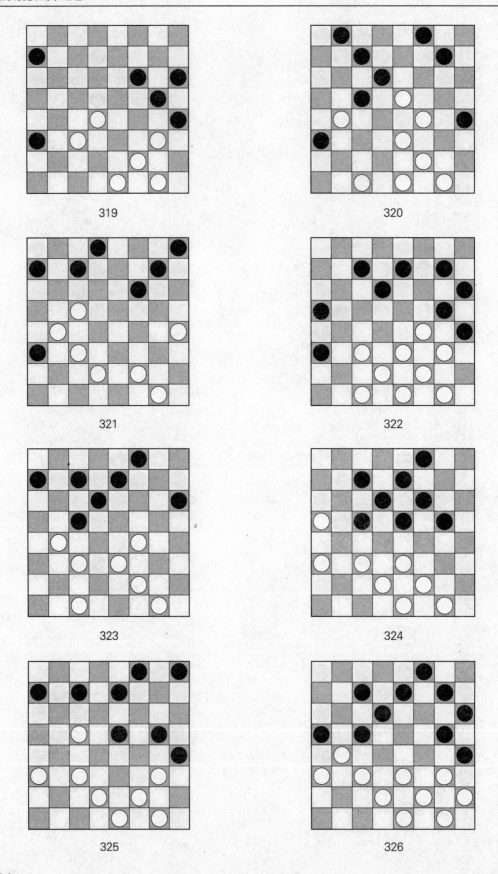

319

320

321

322

323

324

325

326

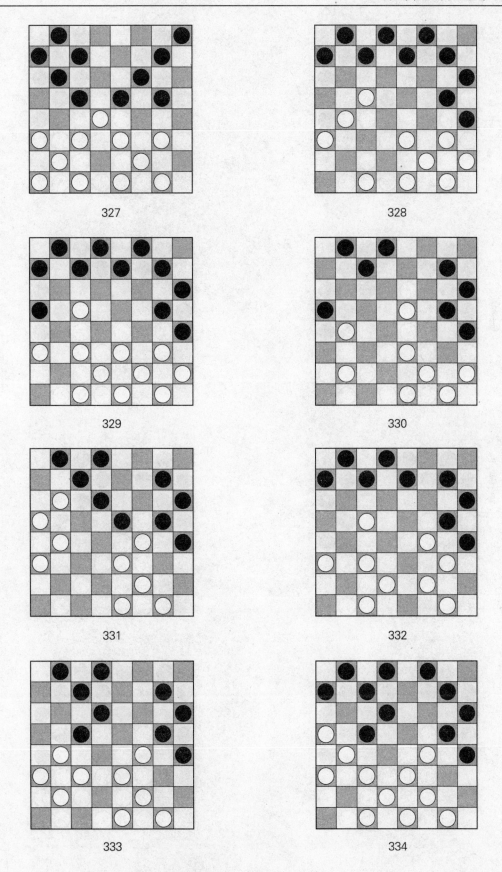

327

328

329

330

331

332

333

334

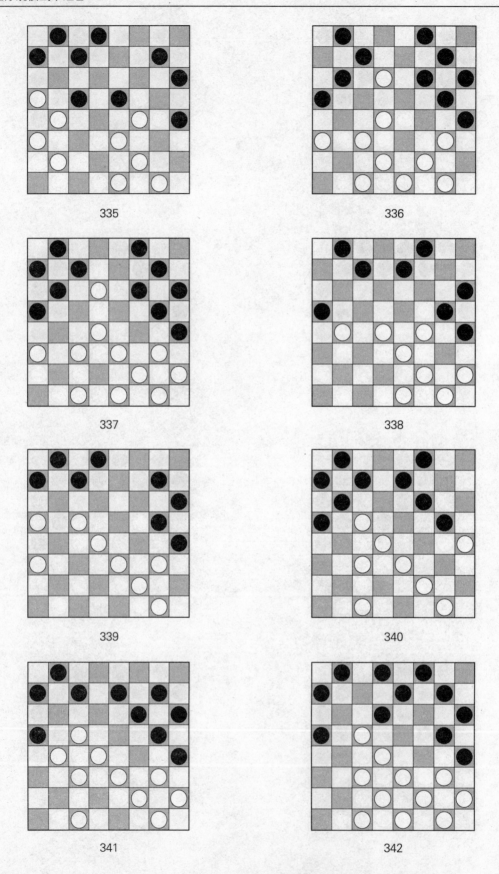

335

336

337

338

339

340

341

342

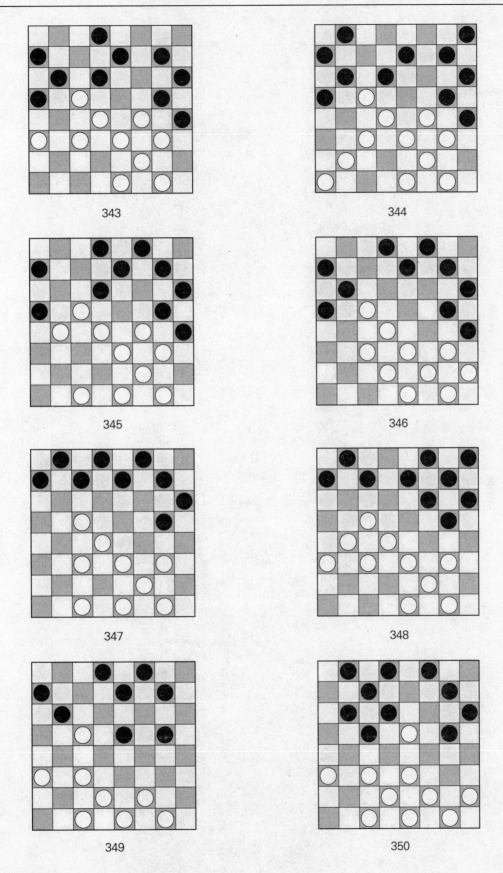

343

344

345

346

347

348

349

350

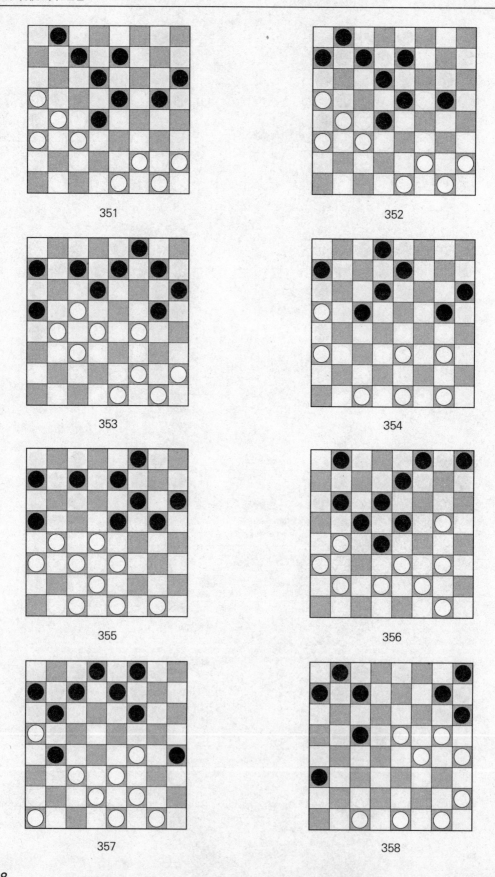

351

352

353

354

355

356

357

358

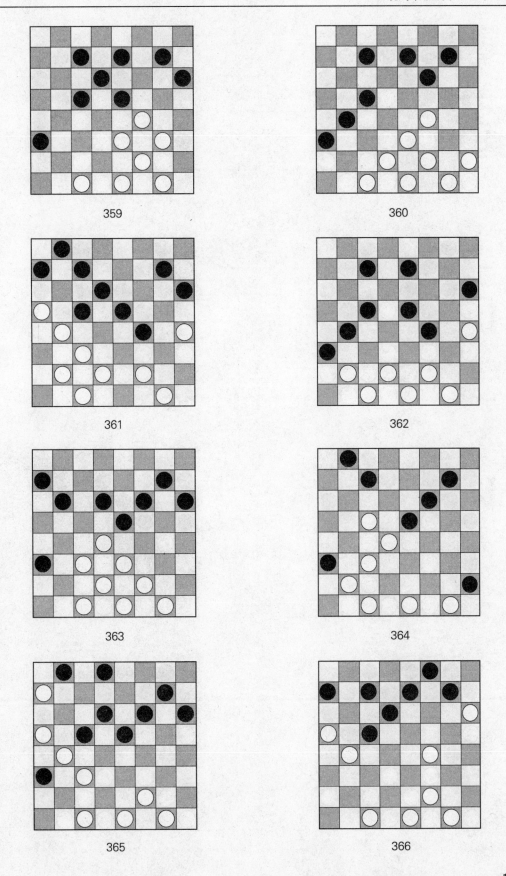

359

360

361

362

363

364

365

366

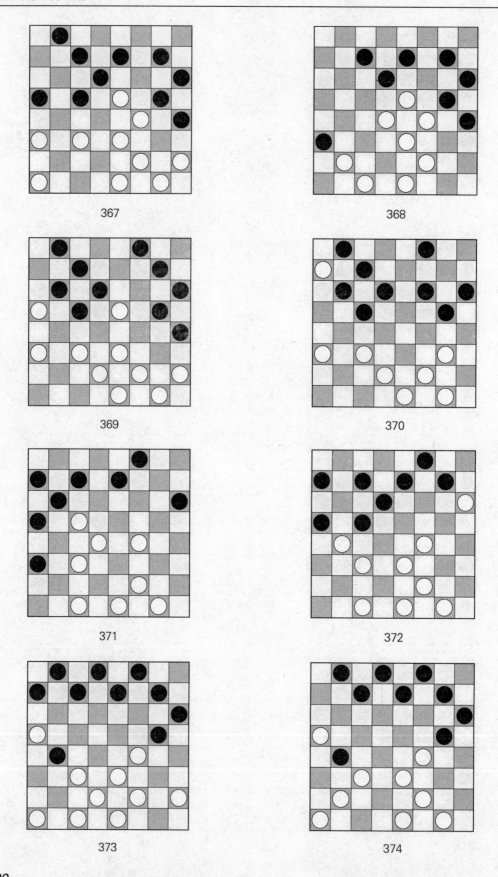

367

368

369

370

371

372

373

374

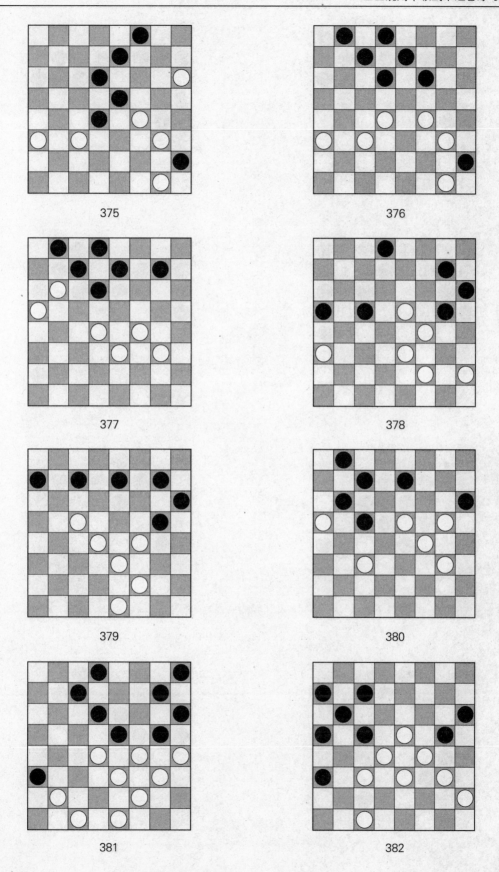

375

376

377

378

379

380

381

382

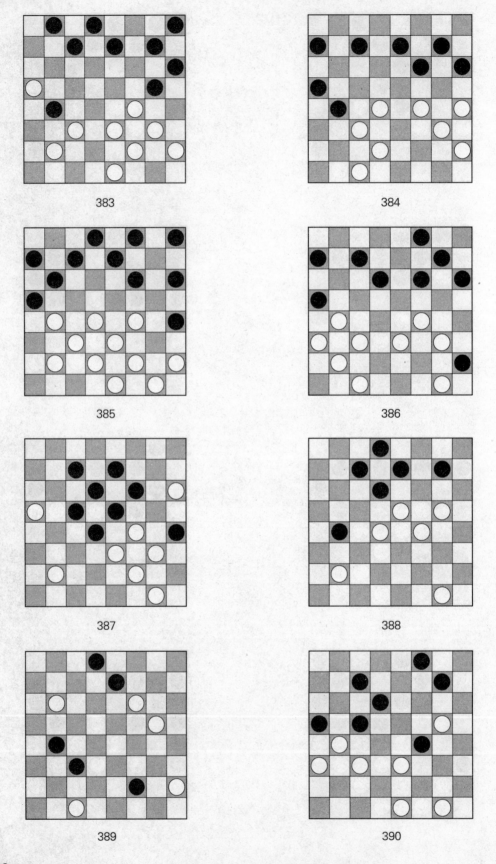

383

384

385

386

387

388

389

390

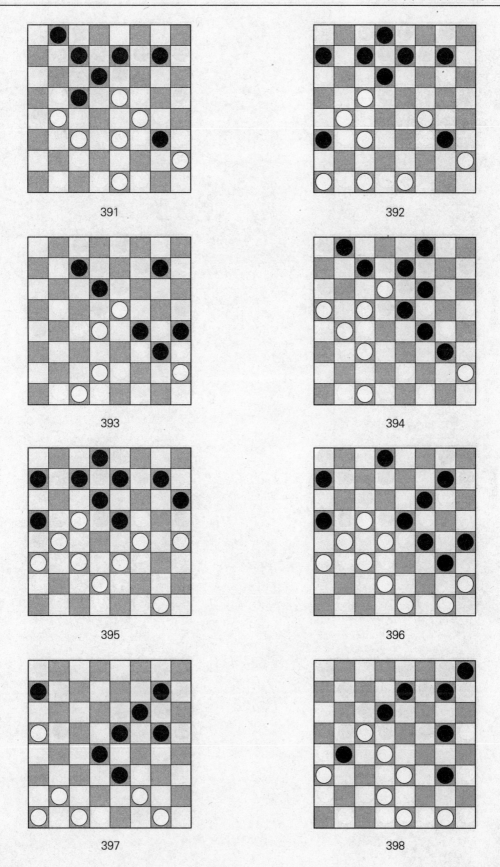

391

392

393

394

395

396

397

398

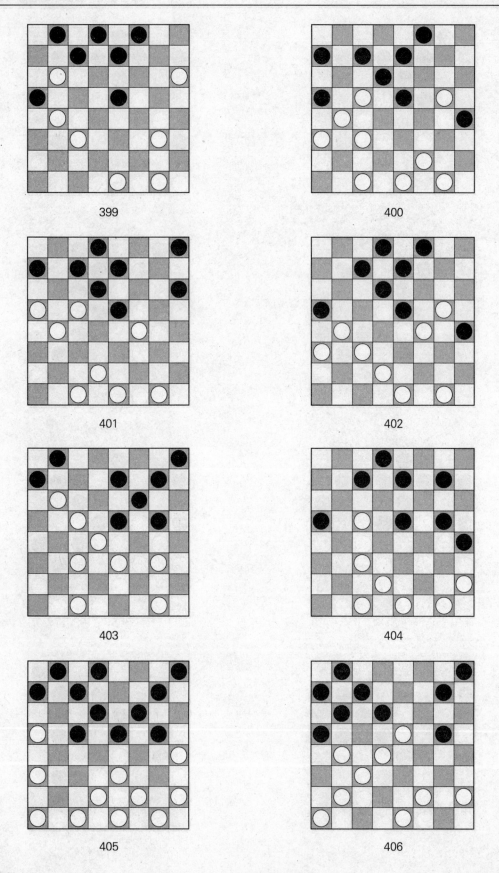

399

400

401

402

403

404

405

406

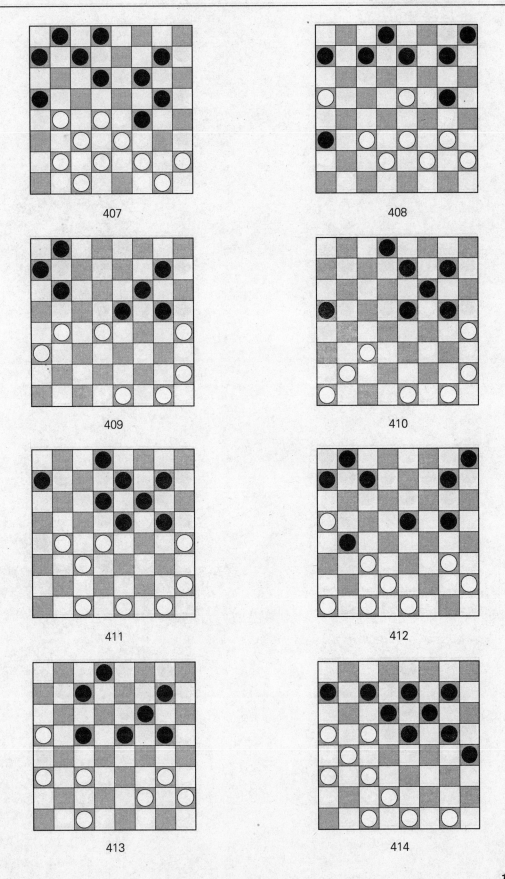

407

408

409

410

411

412

413

414

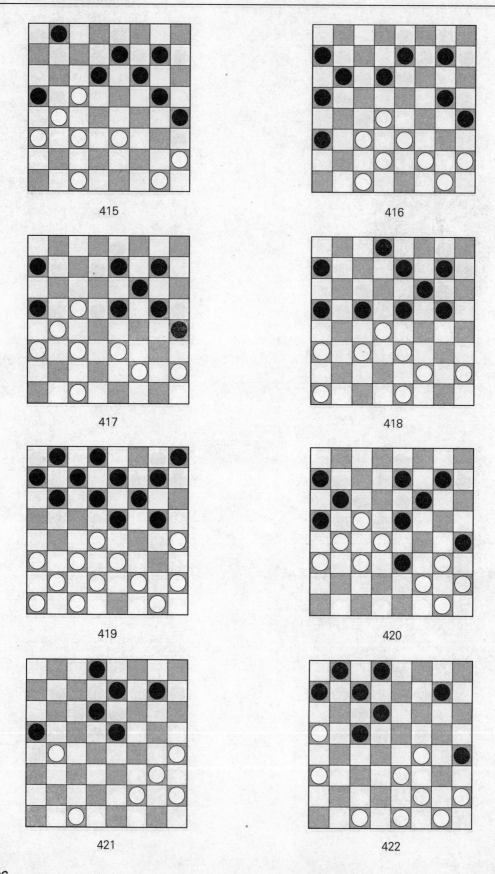

415

416

417

418

419

420

421

422

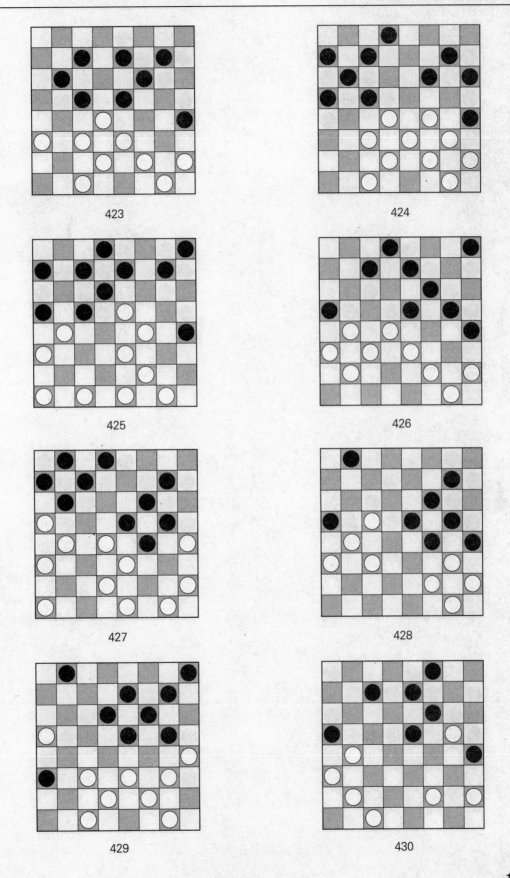

423

424

425

426

427

428

429

430

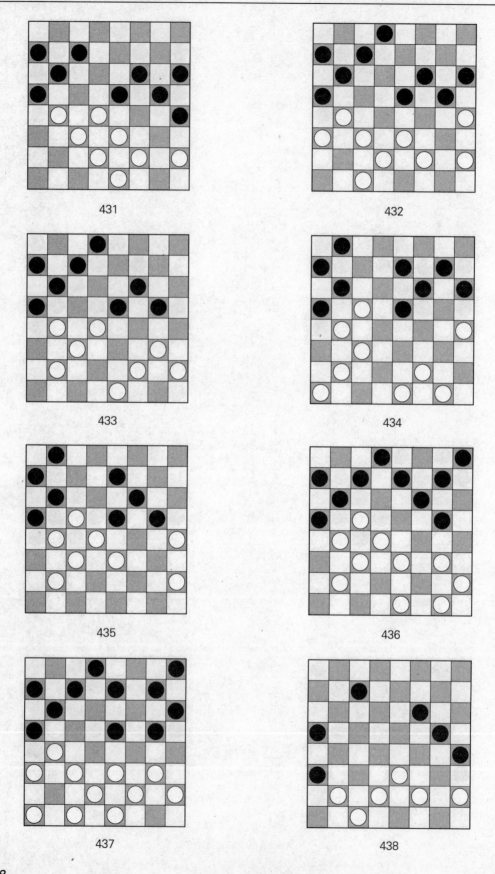

431

432

433

434

435

436

437

438

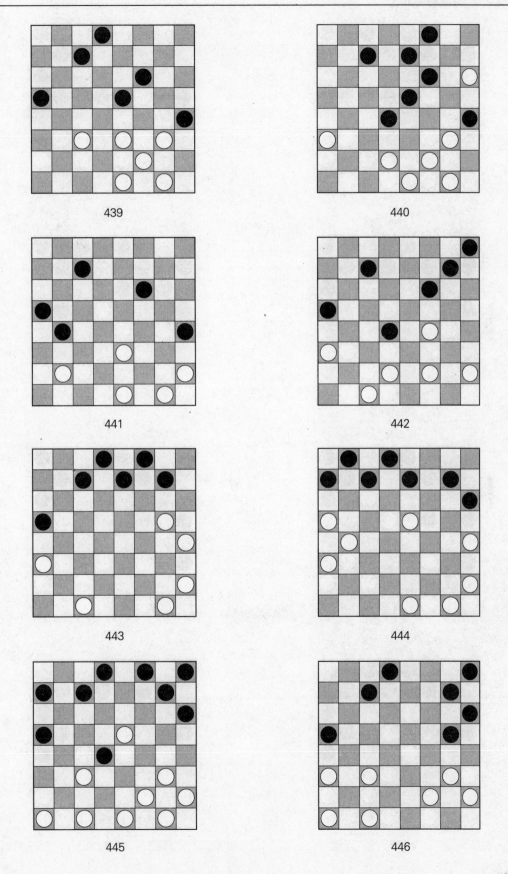

439

440

441

442

443

444

445

446

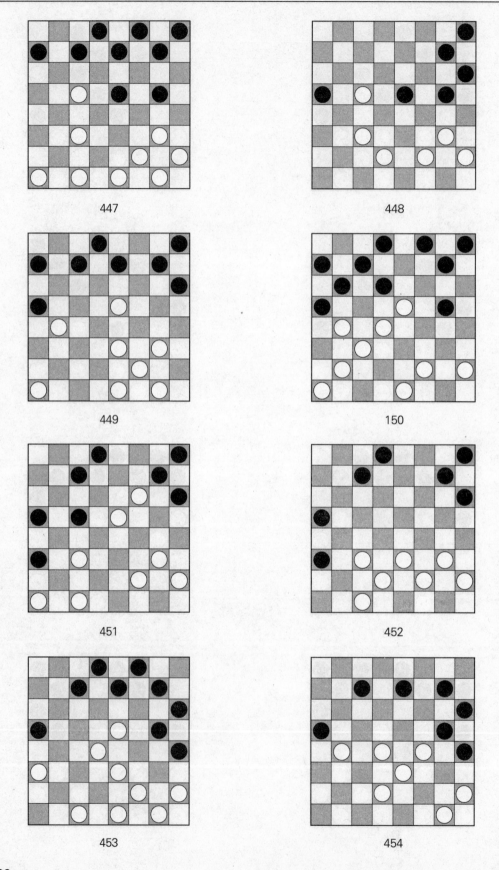

447

448

449

150

451

452

453

454

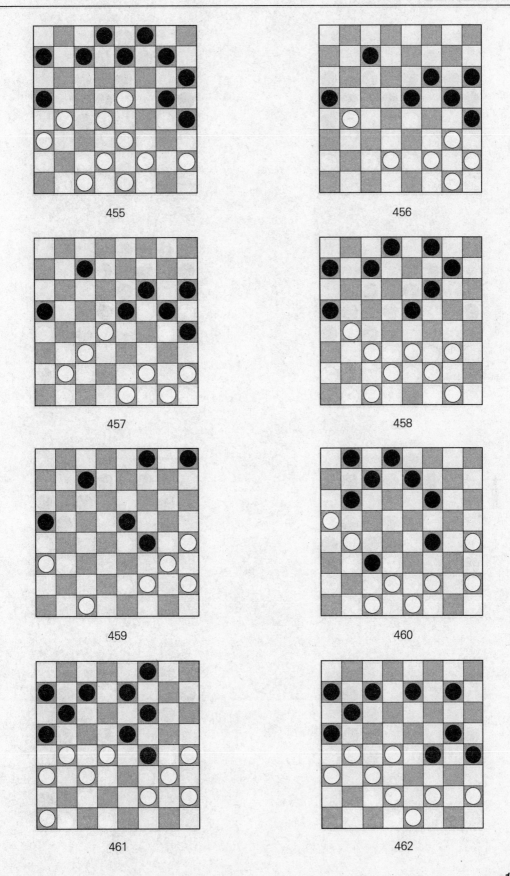

455

456

457

458

459

460

461

462

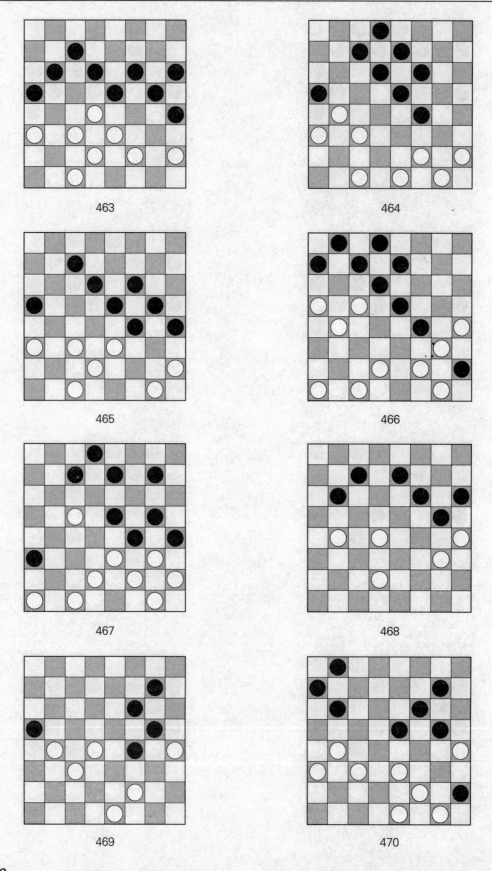

463

464

465

466

467

468

469

470

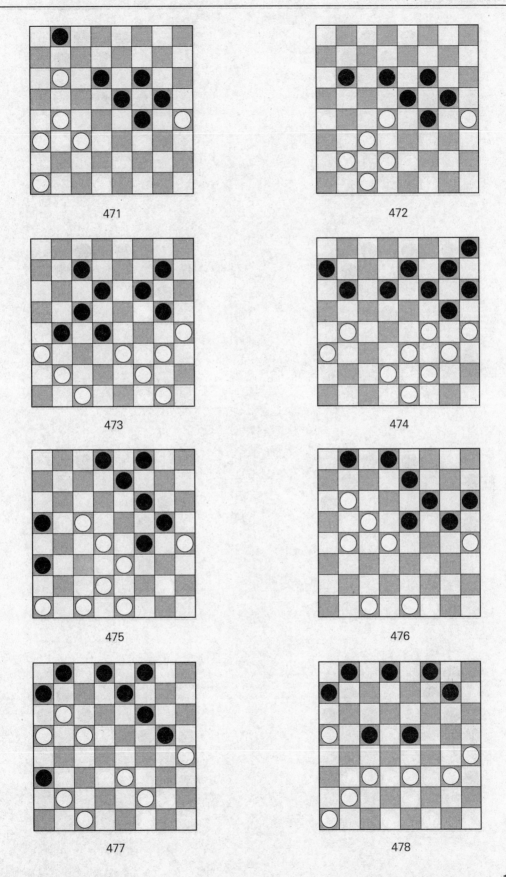

471

472

473

474

475

476

477

478

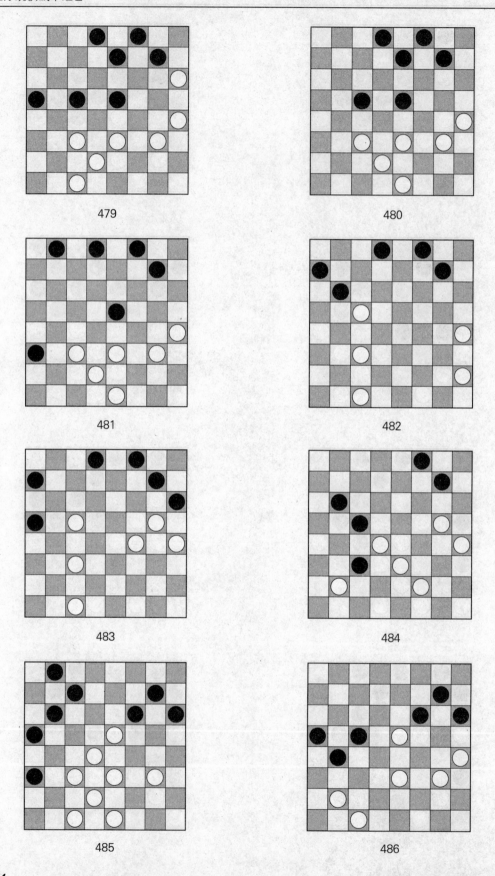

479

480

481

482

483

484

485

486

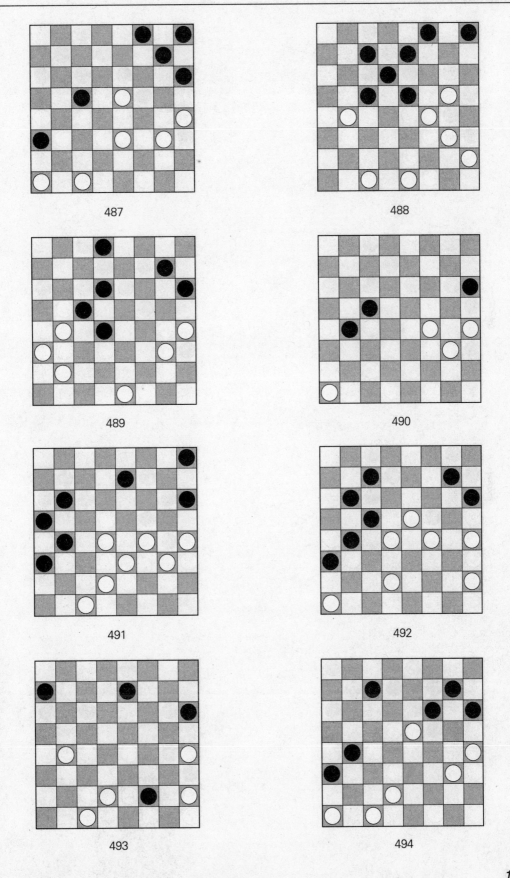

487

488

489

490

491

492

493

494

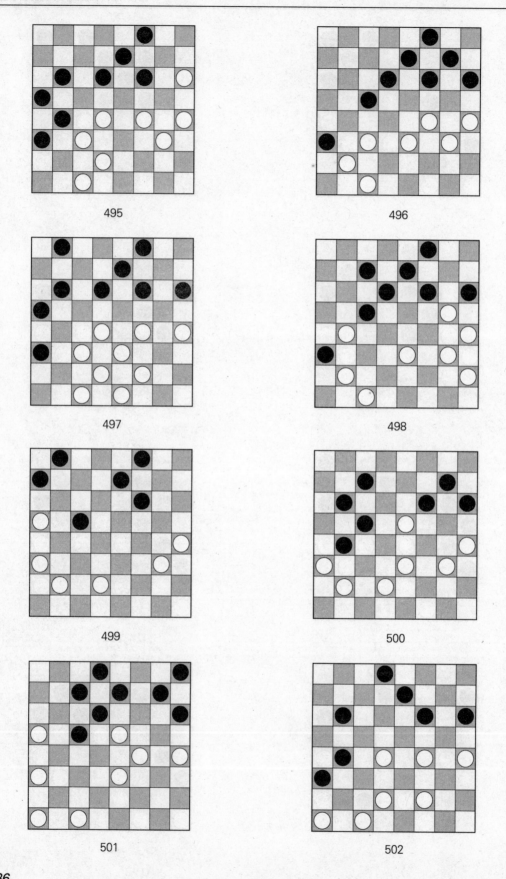

495

496

497

498

499

500

501

502

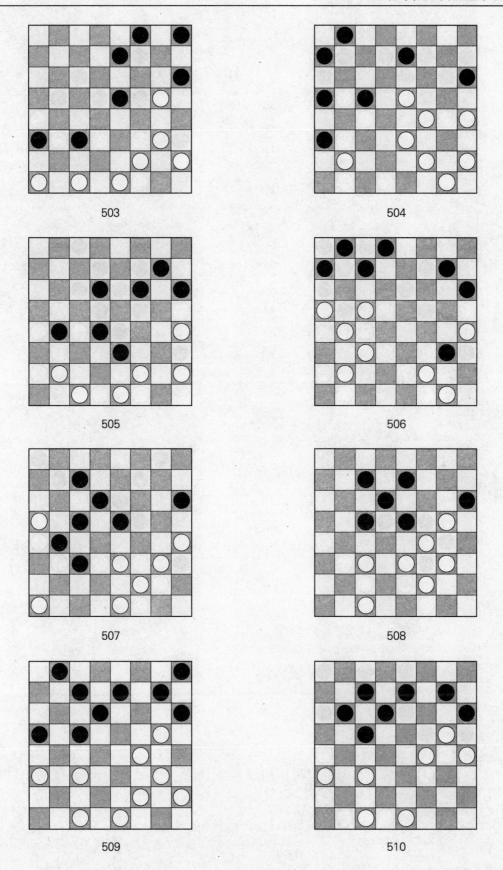

503

504

505

506

507

508

509

510

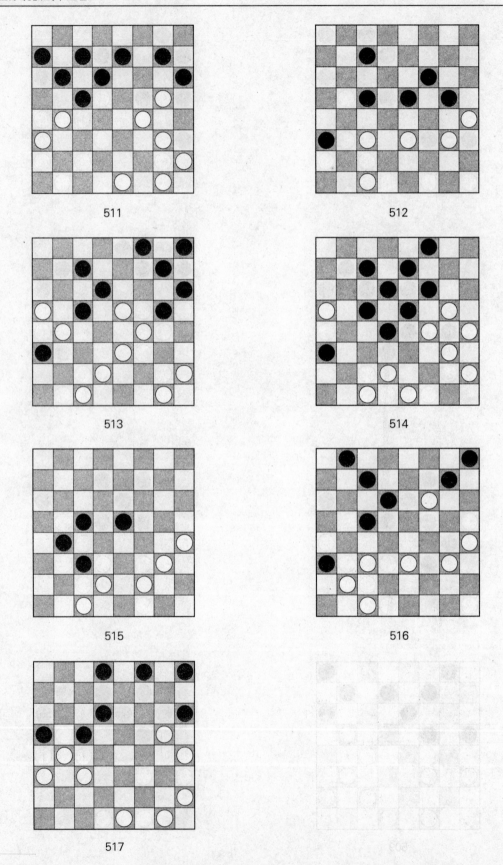

511

512

513

514

515

516

517

巴西规则中级战术组合练习题答案

1：1. hg5 fxh4　　2. fg3! hxd4　　3. bc5 dxb4　　4. bc3 dxb2　　5. axc7+

2：1. ba3! dxb2　　2. bxd4 exc3　　3. fe3 hxd4　　4. ab4 cxa5　　5. axg7+

3：1. hg5! fg7 (1. ··· b3　2. ed6 cxe7　3. fxd8+)
　　2. ed4 cxe3　　3. fxd2 hxd6　　4. axe7 gxe5　　5. de3+

4：1. ed4! exc3　　2. cd2! cxe1　　3. gh4 exg3　　4. hxf6 gxe5
　　5. hxd6 cxe7　　6. axa7+

5：1. ef2! fg5　　2. cd4! exe1　　3. gh4 exe5　　4. hxb6 axc7　　5. axe7+

6：1. gf4 exc3　　2. cd2 dxf2　　3. bxb6 axc7　　4. axg5 hxf4　　5. gxg5+

7：1. fe5 dxf4　　2. dc3 fxb4　　3. axa7 hxf4　　4. ab8 fe3
　　5. bf4! exg5　　6. hxd8+

8：1. cd4 cb6　　2. dc3! fxb4　　3. hg3 cxe3　　4. axa7 gh4
　　5. gf4 exg5　　6. axb8+

9：1. de5! fxd4　　2. exe7 fxd6　　3. fg5 hxf4　　4. fe3 fxd2
　　5. bc3 dxb4　　6. axe7

10：1. bc5! dxb6　　2. axc7 bxd6　　3. fe3 fxd2　　4. bc3 axb4　　5. axg5+

11：1. fe5! dxf4　　2. de3 fxd2　　3. ba5 dxb4　　4. axc7 bxd6　　5. axe7+

12：1. fe3! fxd2　　2. g2 bxd6　　3. fg3 hxf4　　4. bc3 dxb4　　5. axe3+

13：1. gf4! dxb2 (1. ···exg3　2. cxg7 fxh6　3. hxf2+)
　　2. fg5 hxf4　　3. dc3 bxd4　　4. bc5 dxb4　　5. axe7+

14：1. fe3! fxd2　　2. cxe3 hxd2　　3. axe3 hg7　　4. gh2! gf6
　　5. ef4 exg3　　6. hxf4+

15：1. bc5! bxd4　　2. de3 fxd2　　3. fg3! hxf4　　4. bc3 dxb2　　5. axe7+

16：1. ab6! cxa5　　2. gf4 exg3　　3. cxc7 bxd6　　4. ef2 gxe1
　　5. bc3 exb4　　6. axg5+

17：1. cd4! exe1　　2. gxc7 bxd6　　3. hg5! fxh4 (3. ··· hxf4　4. bc3 exb4
　　5. axe3+)　　4. bc3 exb4　　5. axe7 ab4　　6. ef8 gf4　　7. fh6+

18：1. gh4! fg7 (1. ··· bc7　2. hxf6 fg7　3. fe7 dxf8　4. cb4 axc3　5. dxb8)
　　2. hxf6 gxg3　　3. ef2! gxe1　　4. ed4 cxe3　　5. dxf4 exb4　　6. axe7+

19：1. gf4! exe1　　2. hg3 hxf2　　3. exg1 cxe3　　4. dxf4 exb4　　5. axg5+

20：1. dc7! exe1　　2. cb2 bxd6　　3. hg3 hxf2　　4. gxe7 fxd6
　　5. bc3 exb4　　6. axe7+

21：1. cd6! cb6　　2. de7! dxf6　　3. gf2 gxe1　　4. ba5 exb4
　　5. axc7 bxd6　　6. axe3+

22：1. ed2! gxe1　　2. gf2 exg3　　3. ef4 gxe5　　4. ba3 exb2

　　　5. axg5 hxf6　　6. axc3+

23：1. cb2! cb4　　2. fe3 dxh4　　3. ba3 exg3　　4. axg5 hxf6　　5. hxf4+

24：1. ba3! bxd2　　2. gh4! exe1　　3. cb2 dxf4　　4. bc3 exb4　　5. axe3+

25：1. ef2! ef4　　2. de3! fxd2　　3. bc7 bxd6　　4. fg3 hxf2

　　　5. gxc5 dxb4　　6. axe1+

26：1. ed4! bxd2　　2. ab2! axc1　　3. dc5 dxb4　　4. axe1 cxg5　　5. hxf6+

27：1. cd2! axc1　　2.ef4 cxg5　　3. hxd4 bxd2　　4. dc5 dxb4　　5. axe1+

28：1. gf6! exg5 (1. … exg7　2. gh4 exc1　3. hg3 cxg5　4. hxh8+)

　　　2. gh4 exc1　　3. hxd8 cxg5　　4. dxh4+

29：1. gf4 gh6　　2. fg3! hxd4　　3. ab4 gxe3　　4. bc5 dxb4　　5. axg7+

30：1. ef4! ed6　　2. fe3 hxd4　　3. ab4 exg3　　4. bc5 dxb4　　5. axg7+

31：1. bc5! dxb6　　2. fe3 hxd4　　3. ab4 exg3　　4. bc5 dxb4　　5. axg7+

32：1. de3! cb6　　2. exc5! bxd4　　3. gf4 exg3　　4. bc5 dxb4　　5. axg7+

33：1. fg5 hxf6　　2. cd2 cxe1　　3. axg7 fxh6　　4. gh4 exg3　　5. hxf2+

34：1. ab4! exc1 (1. … exg5　2. ba5 hxf4　3. axg3+)

　　　2. gf2 cxg5　　3. ba5 hxf4　　4. axg7 hxf8　　5. hxf6+

35：1. hg3! exg1　　2. ba5 hxf2　　3. axc3 gh2　　4. exg3 hxb2　　5. axc3+

36：1. de3! fxd2　　2. hxf4! exg3　　3. exc3 gxe1　　4. ba5 exb4

　　　5. axg7 fxh6　　6. axc5+

37：1. fg3! hxf2　　2. cb4 axc5　　3. dxb6 fxd4　　4. hg3 gxe3

　　　5. bc7 dxb6　　6. axg7+

38：1. hg7! hxf6　　2. ef2 gxe1　　3. ba5 exd6　　4. bc7 dxb6　　5. axg7+

39：1. cd2! exc1　　2. gf2! gxe1　　3. ba5 exb4　　4. axc5 cxd6

　　　5. bc7 dxb6　　6. axg7+

40：1. hg3! fxh2　　2. ef4! gxc1　　3. ab4 cxa3　　4. ba5 axd6　　5. axg7+

41：1. gf4! gxe3　　2. cd2 exc1　　3. ba5 dxb4　　4. axc5 cxd6　　5. axg7+

42：1. fe3! hxf2　　2. dc5 fxb6　　3. axg5 de7　　4. gh6 ef6　　5. bc5+

43：1. cb4! cxc1　　2. axe3 cxf4　　3. fg3 fc7 (3. …fc1　4. gf4 cxg5

　　　5. hxf6+)　　4. gf4 exg3　　5. hxf2!

44：1. fe5! hxf4　　2. exc7 bxd6　　3. dc5 dxb4　　4. bc7 dxb6　　5. axg5+

45：1. hg3! de5　　2. ef4! gxg1　　3. ef2 gxe3　　4. dxb4 hxf2　　5. axg1+

46：1. fg5! hxf4　　2. fg3 hxf2　　3. exc7! bxd6　　4. bc5 dxb4

　　　5. de5 fxb2　　6. cxa7+

47：1. bc5! dxb4　　2. fg3 hxf4　　3. hg7 fxh6　　4. bc3 bxd2　　5. cxe7+

48：1. gf2! gh2　　2. fg3! hxf4　　3. bc5 dxd2

　　　4. cxe7 fxd6 (4. …exc3　5. ed8+)　　5. dxf6+

49：1. de5! fxf2　　2. hxf6! fxh4　　3. fg7 hxf6　　4. fg5 hxf4
　　5. dc3 bxd2　　6. cxa7+

50：1. gh2! gf2　　　2. bc5 dxb4　　3. dc3 bxd2　　4. cxg1 bc7
　　5. hg3 hxf2　　6. gxe3+

51：1. fe5! fxd4　　2. de3! dxf2　　3. bc3 bxd2　　4. cxg1 gf2
　　5. exg3 hxf4　　6. gf2+

52：1. bc3! bxd2　　2. ed4 cxe3　　3. ed6 cxg3　　4. hxd4 hxf4
　　5. cxg5 bc7　　6. dc5+

53：1. cb4! cxa3　　2. fe5 fxd4　　3. hg5 hxf4　　4. de3 fxd2　　5. cxa7+

54：1. dc3! cb4　　　2. gf4! bxd2　　3. fg3 hxd4　　4. cxg5 axc1
　　5. gh6 cxg5　　6. hxf4+

55：1. de5! fxb2 (1. … bxb2　2. axc1)　2. axc1 bxd4　3. de7 fxd6
　　4. de3 fxd2　5. cxe7+

56：1. de5! fxd4　　2. fg5 hxf6　　3. dc3 bxd2　　4. cxg5 axc1
　　5. fe3 cxf4　　6. gxe3

57：1. hg7! fxh6　　2. fg5 hxf4　　3. exe7 dxf6　　4. de5 fxd4
　　5. dc3 dxb2 (bxd2)　6. cxa7+

58：1. ef4! exg3　　2. hxf4 hxf6　　3. fe5 fxd4　　4. dc3 bxd2　　5. cxa7+

59：1. fg3! hxf2　　2. exg1 cxe3　　3. dxf4 fxd4　　4. bc3 dxb2　　5. cxa7+

60：1. ab4! cxa3　　2. fe5 dxf4　　3. exg5 hxf4　　4. dc5 bxd4　　5. cxg7+

61：1. ed4 cd6　　　2. hg3 hxf2　　3. de5 dxf4　　4. bc5 bxd4　　5. cxe1+

62：1. ef4! gxe3　　2. gh2 exg1　　3. ef2 gxe3　　4. dxf2 bxd4　　5. cxg7+

63：1. fg3! hxf2　　2. hg3 fxh4　　3. ef4 gxe3　　4. dxf2 bxd4　　5. cxg7+

64：1. de5 fxd4 (1. … bxd4　2. exg7+)
　　2. cxg5 hxf6　3. bc5 bxd4　4. cxg7 de7　5. gh8+

65：1. fe5! dxf4　　2. fg3 hxf2　　3. exg7 hxf6　　4. dc5 bxd4　　5. cxg7+

66：1. de5 fxd4　　2. exe7 dxf6　　3. fg3 hxf2　　4. de3 fxd4　　5. cxg7+

67：1. hg5! fxh4 (1. … hxf4　2. gxc7 dxb6　3. axc7+)
　　2. fe3 hxf2　3. ab6 axc5　4. dxb6 fxd4　5. cxc7+

68：1. fg3! hxf2　　2. gxe3 fxh4　　3. dxf6 exg5　　4. hg3 hxd4
　　5. cxc7 dxb6　6. axc7+

69：1. ed2! hxf2　　2. cd6 exc5　　3. dxb6 axc5　　4. dc3 fxd4　　5. cxg7+

70：1. dc5! bxd4　　2. cxg7 hxf6　　3. fg3 hxd4　　4. dc3 gxe3　　5. cxg7+

71：1. hg3! hxf2　　2. dc5 fxd4　　3. cxg7 bxd4　　4. dc3 hxf6　　5.cxg7+

72：1. ed2! hxf2　　2. dc5 dxb4　　3. axc5 bxd4　　4. cxg7 fxd4
　　5. dc3 hxf6　　6. cxg7+

73：1. fe3! hxf2　　2. ab4! cxa3　　3. dc5 bxd4　　4. cxg7 hxf6
　　5. dc3 fxd4　　6. cxg7

74: 1. fe3! hxf2　　2. dc5 dxb4　(2. ⋯ fxd4　3. cxa5+; 2. ⋯ bxd4　3. cxc7)
　　3. cxc7 bxd6　　4. dc3 fxd4　　5. cxc7+

75: 1. cd2! hxf2　　2. de5 f6xd4　(2. ⋯ f2xd4　3. exc7 bxd6　4. cxc7+)
　　3. cxc7 bxd6　　4. dc3 fxd4　　5. cxc7+

76: 1. de3! fxd2　　2. fg3 hxf2　　3. de5 dxf4　　4. bc3 bxd6　　5. cxc7+

77: 1. cd2! cb2　　2. fe5 dxf4　　3. exg5 hxf4　　4. de3 fxd2　　5. exa1+

78: 1. bc3! dxb2　　2. fe3 axc3　　3. dxb4 fxd2　　4. exa1 cd6
　　5. bc5! dxb4　　6. ab2+

79: 1. gh4! gf4　　2. de3! fxb4　　3. hg5 hxf4　　4. fe3 fxd2　　5. exe5+

80: 1. ef4! exg3　　2. cb2! hxf4　　3. de3 fxd2　　4. exa5 gxe1
　　5. bc3 exb4　　6. axc3+

81: 1. de5! fxd4　　2. cb2 axe3　　3. fxd2 hxf4　　4. de3 fxd2 (dxf2)
　　5. exc3+

82: 1. hg5! gf6　　2. de5 fxd4　　3. ab2 axe3　　4. fxd2 hxf4
　　5. de3 fxd2 (dxf2)　6. exc7+

83: 1. cb2! axc1　　2. de5 fxf2　　3. gxe1 cxe3　　4. fxd2 hxf4
　　5. de3 fxd2　　6. exc7+

84: 1. ef6! ed6　　2. de5! dxf4　　3. fg7 hxf6　　4. fg3 hxf2　　5. exg7+

85: 1. hg5! fxh4　　2. fe5 dxf4　　3. gh2 bxd6　　4. fg3 hxf2　　5. exc7+

86: 1. cd4! exc3　　2. gxe5 dxf4　　3. ab4 cb2 (c3–f4)
　　4. bc5! bxd4　　5. fg3 hxf2　　6. exa1+

87: 1. fe5! dxf4　　2. bxd6 cxe5　　3. ed4! gf6　　4. cb4 exa5
　　5. fg3 hxf2　　6. exg7+

88: 1. hg7! fxh6　(1. ⋯ axc3　2. gh8+)
　　2. fe5! axc3　　3. gf4 dxf6　　4. fg5 hxf4　　5. fg3 hxf2　　6. exg7+

89: 1. dc5! bxd4　　2. fe3! dxf2　(2. ⋯ hxf2　3. exg5 hxf4　4. exe5+)
　　3. de3 fxd4　　4. ba3 hxf2　　5. axg5 hxf4　　6. exc3+

90: 1. ab4! cxa3　　2. cd2 axc1　　3. dc3 cxf4　　4. fg3 hxf2　　5. exc7+

91: 1. ab4! cxa3　　2. ab2 axc1　　3. cd4 exc3　　4. dxb4 cxf4
　　5. fg3 hxf2　　6. exa5

92: 1. cb4! cxa3　　2. cb2 axc1　　3. fg5 cxf4　　4. gxc5 bxd4
　　5. fg3 hxf2　　6. exc3+

93: 1. ef4! exg3　　2. cb2 axc1　　3. fe3 cxf4　　4. hxf2! fxh4
　　5. fg3 hxf2　　6. exc7+

94: 1. hg3! fxh2　　2. fg3 hxf4　　3. dc5 dxb4　　4. axc5 bxf2　　5. exg7+

95: 1. hg3!　(1. cd4? de5!　2. dxb6 ed4　3. exc5 de7　4. bxd8 ed6
　　5. cxe7 ab4　6. axc5 fg3　7. hxf4 gxf8　8. dxg5 hxf4) fxh2
　　2. cd4 cb6　　3. fg3 hxf4　　4. de5 fxf2　　5. exc7+

96: 1. de5! fxd4 2. hxf6 gxe5 3. gh4 exg3 4. hg5 hxf4
5. fxh4 dxf2 6. exa5+

97: 1. bc5! dxb4 2. cxc7 exa1 3. fe3! dxb6 4. cb2 axf2 5. exg7+

98: 1. hg7! fxh6 2. gh4 exg3 3. hxf2 hxf4 4. fe3 fxd2 (dxf2)
5. exa5+

99: 1. fe5! dxf4 2. exg5 hxf4 3. dc5 bxd4 4. de3 fxd2 (dxf2)
5. exg7+

100: 1. ab4! cxa3 2. fe5 dxf4 3. exg5 hxf4 4. dc5 bxd4
5. de3 fxd2 (dxf2) 6. exg7+

101: 1. cb4! dxf6 2. fg5 hxf4 3. bc5 bxd4 4. fe3 fxd2 (dxf2)
5. exg7+

102: 1. fg5! gh6 2. ed4 hxf4 3. dc5 bxd4 4. fe3 fxd2 (dxf2)
5. exg7+

103: 1. de5! fxd4 2. hg7 fxh6 3. fg5 hxf4 4. de3 fxd2 (dxf2)
5. exa5+

104: 1. gf4! fe5 (1. ··· dc5 2. fe5+) 2. hg5 exg3 3. fxh4 hxf4
4. de3 fxd2 (dxf2) 5. exc7+

105: 1. ef4! bxd6 2. fe5 dxf4 3. dc5 bxd4 4. de3 fxd2 (dxf2)
5. exg7+

106: 1. de5! fxd4 2. exc5 bxd4 (2. ··· dxb4 3. fg5 hxf4 4. fe3 fxd2
5. exc7+) 3. fg5 hxf4 4. fe3 fxd2 (dxf2) 5. exc7+

107: 1. ab6! cxa5 2. exc7 bxd6 3. ab2 hxd4 4. fg5 hxf4
5. de3 fxd2 (dxf2) 6. exc7+

108: 1. cd4! exc3 2. cd2 bxd4 3. dxb4 axc3 4. ab4 cxa5
5. fe3 fxd2 (dxf2) 6. exg7+

109: 1. gf4! cd6 2. hg5 fxh4 3. fg3 hxd4 4. fg5 hxf4
5. de3 fxd2 (dxf2) 6. exc3+

110: 1. cb4! exc3 2. bxd2 bxd4 3. fg3 hxf4 4. de3 fxd2 (dxf2)
5. exg7+

111: 1. de5 bxd4 (1. ··· fxd4 2. cxe3+)
2. exg7! hxf6 3. fg3 hxf4 4. de3 fxd2 (dxf2) 5.exg7+

112: 1. cd4! exa5 2. fg3 bxd4 3. gf2 hxf4 4. fe3 fxd2 (dxf2)
5. exg7+

113: 1. fg3! fxh2 2.ef4 gxe3 3. dxf2 bxd4 4. fg3 hxf4
5. de3 fxd2 (dxf2) 6. exg7+

114: 1. gf2! fg3 2. hg5 gh2 3. gf6! exg7 4. fg3 hxf4
5. de3 fxd2 (dxf4) 6. exe5+

115: 1. de3! bxd2 2. de5 fxd4 3. exa7 de1 4. ab8 exe5 5. bxg3+

116：1. fg5! h×f6　　2. gf4! ed6　(2. ··· ba5　3. fg3 a×c3　4. ed4 c×e5　5. f×h6+)

　　　3. bc5 d×b4　　4. fe5 f×d4　　5. e×a7+

117：1. fe5! d×f4　　2. cb4 cd6　　3. ba5! dc7　(3. ··· de5　4. a×c7 d×b6

　　　5. gh2 e×c3　6. d×d6 f×d2　7. c×e3)

　　　4. de5 f×d4　　5. ab4 c×c3　　6. e×e7+

118：1. gf4! e×g3　　2. ab4 c×a3　　3. e×g5 h×f4　　4. fe3 f×d2　　5. h×f2! +

119：1. cd2! ab2　(1. ··· ba5　2. d×b6 a×c7　3. de3 b×d2　4. e×c1 g×e3　5. f×d4)

　　　2. ed6 c×e7　　3. dc5! b×d6　(3. ···b×d4　4. e×c1 g×e3　5. d×f4+)

　　　4. bc3 b×d4　　5. e×a7 g×e3　　6. f×d4+

120：1. ba3! cd6　　2. a×c5 d×b4　　3. hg3! gh4　　4. de5 f×d4　　5. e×a3+

121：1. hg7! f×h6　　2. cd6 e×c5　　3. fg5 h×f4　　4. e×e7 c×e3　5. d×f4+

122：1. ba3! bc3　(1. ··· bc5　2. ed4 c×g5　3. h×h8+)　2.cb2! c×a1

　　　3. ed2 a×f6　　4. fg5 h×f4　　5. e×a7+

123：1. ab4! c×a3　　2. ed4 gf6　　3. fe3 h×f2　　4. hg3 f×h4

　　　5. fg5 h×f4　　6. e×a7+

124：1. gf2! gh2　　2. cd2! a×c1　　3. fg3 h×f4　　4. e×c5 c×b6　5. a×c5+

125：1. gf2! gh2　　2. ab4! c×a3　　3. cd2 a×c1　　4. fg3 h×f4

　　　5. e×c5 c×b6　　6. a×c7+

126：1. fe3! f×h2　　2. cb4! a×a1　　3. ef2 a×f6　　4. dc7 b×d6

　　　5. fg3 h×f4　　6. e×a7+

127：1. fg3! h×f2　　2. e×g3 gh4　(2. ··· fg7　3. gh4 gf6　4. eg7 h+g6　5. fe5)

　　　3. ef6 h+f2　　4. de5 f+d4　　5. e×a5+

128：1. ab4 c×a3　　2. gf4 e×g3　　3. h×f2 f×h4　　4. fg3 h×f2　　5. g×a7+

129：1. ab4! a×a1　　2. cb2 a×c3　　3. d×b2 f×d4　　4. fg3 h×f2　　5. g×a7+

130：1. de5! f×d6　　2. bc5 b×d4　(2. ··· 　3. a×a7 hg7　4. fg3 h×f2　5. g×e3+)

　　　3. fg3 h×f2　　4. g×e7 hg7　　5. ed8+

131：1. ab2! c×a1　　2. ab4! a×f6　　3. bc5 b×d4　　4. dc7 b×d6

　　　5. hg3 h×f2　　6. g×g5+

132：1. ec7! d×b6　(1. ··· b×d6　2. e×c7 d×b6　3. de5 f×d4　4. hg3 h×f2

　　　5. g×a7+)　　2. fg5! h×d6　　3. dc5 b×d4　　4. hg3 h×f2　　5. g×g5+

133：1. hg5 f×h4　　2. ab6! a×c5　(2. ··· c×a5　3. fg3 h×f2　4. g×e7+)

　　　3. ab4 c×a3　　4. fg3 h×f2　　5. g×e7+

134：1. fg5! c×e3　　2. d×f4 f×d4　　3. hg3 h×f6　　4. fg5 f×f2　　5. g×a7+

135：1. dc5! ab4　　2. ed4 b×d6　　3. de5 f×d4　　4. hg3 h×f2　　5. g×e7+

136：1. cb4! a×a1　　2. de3! f×d2　　3. e×c3 a×d4　　4. hg3 h×f2　　5. g×a7+

137：1. fg3! cb4　(1. ···cd4　2. hg5 f×f2　3. g×a7+)　　2. cb2! c×a1

　　　3. a×c3 a×d4　(3. ··· a×e5　4. f×f8+)　　4. hg5 f×f2　　5. g×a7+

138: 1. hg7! cxa1 (1. ⋯ hxf6 2. exg7 cxa1 3. gh8 axd4 4. hxa7+)
    2. ef6! axe5   3. fxd4 hxf6   4. de5 fxd4   5. fg3 hxf2   6. gxa7+

139: 1. cb4! cxa3   2. fg5 hxf4   3. gxe5 fxd4   4. fg3 hxf2   5. gxa7+

140: 1. ef4! exc3   2. fg5 hxf4   3. gxe5 fxd4   4. fg3 hxf2   5. gxa7+

141: 1. bc5! dxb4   2. bc3 bxf4   3. gxe5 fxd4   4. fg3 hxf2   5. gxa7+

142: 1. ef4! gxe3   2. ab4 axe5   3. fxf6 bxd4   4. fe7 fxd6
    5. hg3 hxf2   6. gxe7+

143: 1. ab4! axc3   2. fg3! ed2   3. gxe5 dxf6   4. hg5 fxh4
    5. hg3 hxf2   6. gxc1+

144: 1. ef2! ef4   2. bc3! dxb2   3. de3 fxd2   4. fg3 hxf2   5. gxa3+

145: 1. hg5! fxh4   2. cb2 ed2   3. bc3 dxb2 (dxb4)
    4. hg3 hxf2   5. gxa3+

146: 1. dc5! bxb2   2. bc5 dxb4   3. de3 fxd2   4. fg3 hxf2   5. gxc5+

147: 1. cb4! hxd2   2. bc5 dxb4   3. de5 fxd4   4. bc3 dxb2
    5. hg3 hxf4   6. gxa7+

148: 1. cd6! cb6   2. cb4 exc7   3. bc5 bxd4   4. fe3 dxf2   5. gxe7+

149: 1. ab4! bc5   2. dc7! cxa3   3. gf4 bxd6   4. fg5 hxf4
    5. fg3 hxf2   6. gxc5+

150: 1. ab4! axc3   2. cb2! cxa1   3. ef2 axf6   4. fg5 hxf4
    5. fg3 hxf2   6. gxa7+

151: 1. cb4! axa1   2. ef4 axf6   3. fg5 hxf4   4. ab4 cxa3
    5. fg3 hxf2   6. gxa7+

152: 1. ab2! axc1   2. fg5 cxf4   3. gxe7! fxd6   4. hg7 hxf6
    5. fg3 hxf2   6. gxa3+

153: 1. ab4! cxa3   2. de5 fxd4   3. exe7 dxf6   4. fg5 hxf4
    5. fg3 hxf2   6. gxe7+

154: 1. fg5 hxf4   2. ab4 cxa3   3. cb2 axc1   4. ed2 cxe3
    5. fxd4 hxf2   6. gxa7+

155: 1. hg7 fxh6   2. fg5 hxf4   3. gxg7 hxf6   4. de5 fxd4 (dxf4)
    5. fg3 hxf2   6. gxe7+

156: 1. cb2! bxd4   2. bc5 dxb6 (2. ⋯ dxb4 3. axg5+)
    3. cb4! axc3   4. bxf6 exg5   5. gxa5+

157: 1. fg5! dxb4   2. ef4 hxf6   3. de5 fxd4   4. fg5 hxf4   5. gxc7+

158: 1. de5! fxd4   2. bc5 dxb6   3. axc7 bxd6   4. hg5 hxf4   5. gxc7+

159: 1. cb4! axe5   2. ed4 exc3   3. ed2 cxe1   4. fg5 hxf4
    5. gxg7 exg3   6. hxf4=

160: 1. ef4! ba5 (1. ⋯hg5 2. fxh6 ba5 3. gf4 axc3 4. fe5! fxd4 5. hg7+)
    2. ed2! axe1   3. fg5 hxf4   4. gxg7 exg3   5. hxf4+

161：1. ed4! cxe5　2. ab2 ed4　　　3. cd2 axe3　　4. fxd2 hxf4　5. gxa5+

162：1. cb2! axc1　2. de5 fxf2　　　3. exg3 cxe3　　4. fxd2 hxf4　5. gxc3+

163：1. ab2! cxa1　2. cb2! axg1　　3. de3 gxd4　　4. fg5 hxf4　5. gxc7+

164：1. gh2! bxd2　2. gf6! exg7　　3. fg5 hxf4　　4. gxc7 bxd6
　　　5. fg3 dxf4　6. gxc7+

165：1. fe3! dxf2　2. dc3! bxd2　　3. fe5 fxd4　　4. hg3 hxf6　5. gxg7+

166：1. ab4! cxa3　2. ab2 axc1　　3. cb4 axc3　　4. dxb4 cxf4　5. gxa5+

167：1. ab4 cxa3　2. cd2 axc1　　3. cd4 exc3　　4. dxb4 cxf4　5. gxg7+

168：1. ab4! cxa3　2. dc5 bxd4　　3. cxg7 hxf6　　4. cd2 axc1
　　　5. dc3 cxf4　6. gxg7+

169：1. fg3! hxf4　2. bc5 dxd2　　3. cxg5 hxf4　　4. ab6 cxa5
　　　5. ab4 axc3　6. bxd8+

170：1. cb4! axe1　2. gh4 cxa5　　3. ab4 axc3　　4. bxh8 exg3　5. hxf2+

171：1. hg7! fxh6　2. fe3 hxd4　　3. cxc7 bxd6　(3. ⋯dxb6　4. bxf8+)
　　　4. gf2 axc3　5. bxb6+

172：1. gf4! fe5　(1. ⋯ fg5　2. gh2 ef6　3. gf3 hxd4　4. cxg7)
　　　2. fg3 hxd4　3. gh2 exg3　　4. cxc7 bxd8　(4. ⋯ axc3　5. hxf4 bxd8
　　　6. bxb6+)　5. hxf4 axc3　6. bxb6+

173：1. cb6! cxa5　2. hg5 hxf4　　3. fe3 fxd2　　4. cxe1 axc3　5. bxh8+

174：1. ab6! cxa5　(1. ⋯ axc5　2. bxf4+)　　　　　2. fg3 hxf4
　　　3. de3 fxd2　4. cxe1 axc3　5. bxd8+

175：1. hg5! hf4　2. de3 fxd2　　3. cxe7 fxd6　　4. ab6 cxa5
　　　5. ab4 axc3　6. bxh8+

176：1. fg3! fxh2　2. de3 dxf2　　3. exg3 hxf4　　4. cb4 axc3　5. bxh8+

177：1. hg3! bxd4　2. hg5! hxh2　　3. de3 dxf2　　4. exg3 hxf4
　　　5. cb4 axc3　6. bxd8+

178：1. hg3! bxd4　2. cb4! axc3　　3. fe3 hxf2　(3. ⋯ dxf2　4. bxh8+)
　　　4. eg3 dxh4　5. bxh8+

179：1. hg5 fxf2　2. gxe3! exg3　　3. ef4 gxe5　　4. cb4 axc3　5. bxh8+

180：1. cb6! cxa5　2. fg3 hxf2　　3. gxg5 fxh4　　4. ab4 axc3　5. bxd8+

181：1. ab6! cxa5　2. fg3 hxf2　　3. gxe3 fxh4　　4. ab4 axc3　5. bxh8+

182：1. fg5! hxf4　(1. ⋯ fxh4　2. dxh8+)
　　　2. dc5 dxd2　3. cxg5 fxh4　　4. ab4 axc3　　5. bxh8+

183：1. fg5! fxf2　2. gxe7 fxd6　　3. ab6 cxa5　　4. cb4 axc3　5. bxh8+

184：1. cb6! axc5　2. bxd6 cxe5　　3. hg5 fxh4　　4. cb4 axc3　5. bxh8+

185：1. hg5! fxh4　2. fg3 hxf2　　3. exe5 dxf4　　4. bxd6 cxe5
　　　5. ab4 axc3　6. bxh8+

186：1. ed4! gxc5   2. fe3 hxd4   3. cxe5 dxf4 （3. … axc3   4. bxd8+）
    4. bxd6 cxe5   5. ab4 axc3   6. bxh8+

187：1. fg3! hxd4   2. cxe5 gxe3   3. ed6 cxe5   4. ab4 axc3   5. bxh8+

188：1. hg5! fxh4   2. cd4 exc3   3. gxe5 dxf4   4. bxd6 cxe5   5. bxh8+

189：1. ef4 cxe3   2. cb2! excl   3. gh6 cxg5   4. hxd6! cxe5
    5. ab4 axc3   6. bxh4+

190：1. ef6! exg5   2. fg3 hxf2   3. exg1 gxc5   4. cb4 axc3   5. bxd8+

191：1. fg3 hxf2   2. exe5! dxf4   3. bxd6 cxe5   4. cb4 axc3   5. bxd8+

192：1. fg5! fxh4   2. cb6 axc5   3. bxd6 cxe5   4. cb4 axc3   5. bxd8+

193：1. de3! gxe5   2. ab6 cxa5   3. ed4 cxe3   4. cb4 axc3   5. bxf6+

194：1. ab6! cxa5   2. ed4 cxe3   3. fxf6 hxf2   4. gxe3 gxe5
    5. cb4 axc3   6. bxf6

195：1. cd6! gf4   2. cd4! exc3   3. dxb4 axc3   4. cb2 cxe5   5. bxh8+

196：1. cd4! exc3   2. gxe5 fxd4   3. cb2 cxe5   4. fe3 dxf2   5. bxh8+

197：1. fg3! fxh2   2. hg5 fxh4   3. ab6 cxc3   4. cb2 dxb4   5. bxh8+

198：1. hg5! hxf4   2. fe3 fxd2   3. cxe1 axc3   4. cb2 dxb4   5. bxh8+

199：1. hg5! fxf2   2. gxg5 hxf4   3. de3 fxd2   4. cxe1 axc3
    5. cb2 dxb4   6. bxd8+

200：1. cb2! exg3   2. ef4 gxe5   3. bc5 dxb4   4. axc3 cxa5
    5. cb4 axc3   6. bxh8+

201：1. cb2! exg3   2. ef4 gxe5   3. cb4 axc3   4. bxh8 dc5   5. hc3+

202：1. cb2! bxd4   2. bc5 dxb4 （2. … dxb6   3. cb4 axc3   4. bxh8+）
    3. axg5 hxf4   4. cb4 axc3   5. bxh8+

203：1. cb4! axc3   2. fe3 hxd4   3. cb2 fxh4   4. hg3 hxf2
    5. gxc5 dxb4   6. bxh8+

204：1. cd4! exc3   2. ef2! cxe1   3. gf4 exe5   4. cb2 axc3   5. bxh8+

205：1. ab6! cxa5   2. gf4 exg3   3. ed4 cxe3   4. ab4 axc3   5. bxh8+

206：1. ed4! exe3   2. bc5 bxd4   3. cxg7 fxh6   4. ab4 axc3   5. bxf6+

207：1. gf6! exg5   2. ab6 cxa5   3. gf4 exg3   4. cxc7 bxd6
    5. ab4 axc3   6. bxh8+

208：1. dc3! exg3   2. ed4 cxe3   3. ab6 cxa5   4. cb4 axc3   5. bxh8+

209：1. hg5! exg3   2. gf6! exg5   3. ed4 cxe3   4. ab4 axc3   5. bxf6

210：1. cd6! exe3   2. cb2 excl   3. ed2 cxe3   4. cb4 axc3   5. bxh8+

211：1. cd4! exe1   2. gh4 exg3   3. hxf6 exg5   4. ed4 axe3
    5. ab4 axc3   6. bxf6+

212：1. hg5! exg3   2. cb2! hxf4   3. gf2 gxc3   4. bxh8 fe3   5. hc3+

213：1. cb2! dc5 （1. ⋯ bc5 2. ab6 cxa5 3. cb4 axc3 4. bxf6+; 1. ⋯ de7
　　2. hg5! fg3 3. cb4 hxf4 4. ef2 gxc3 5. bxd8+）　2. hg5 fg3
　　3. gf6! exg7　4. ef2 gxe1　5. cb4 exc3　6. bxd6 cxe5　7. bxh8+

214：1. gf4! exg3　2. cd4 axe5　3. de3 dxb4　4. ef2 gxe1
　　5. cd2 exc3　6. bxd8+

215：1. de3! fxb4　2. gf4! exg3　3. ef2 gxe1　4. cd2 exc3　5. bxh8+

216：1. cb6! axc5 （1. ⋯ cxa5 2. cb4 fxh2 3. de3 axc3 4. bxh8+）
　　2. de3! fxb4　3. gf4 exg3　4. ed2 gxc3　5. bxh8+

217：1. hg7! fxh6　2. hg5 h4xf4　3. de3 fxd2　4. exe5 dxf4　5. bxb8+

218：1. hg5! hxh2　2. fg3 hxf4　3. de3 fxd2 （dxf2）
　　4. exc7 dxb6　5. bxh6+

219：1. fg5! gh6　2. bc3 hxf4　3. ab6 cxa5　4. fg3 hxf2
　　5. exc7 dxb6　6. bxf8+

220：1. de5! fxd4　2. hg5 hxf4　3. fxh4! dxf2　4. exe5 dxf4　5. bxb8+

221：1. fe3! hxd4　2. dc3 exg3　3. cxe5 dxf4　4. bxf8+

222：1. cb2! hxd4　2. gf2! exe1　3. cxa5 exc3　4. bxb6 axc5　5. bxf8+

223：1. gf2! bxd4　2. de3 fxd2　3. cxc5 hxf4　4. hg7 fxh6
　　5. cb6 axc5　6. bxf8+

224：1. cb6! axc5　2. hg7 fxh6　3. fg5 hxf4　4. fg3 hxf2
　　5. exc7 dxb6　6. bxf8+

225：1. hg7! axc3 （1. ⋯ hxf6 2. fe5 dxf4 3. gxg7 axc3 4. dxd6 exc5 5. gh8+;
　　1. ⋯fxh6 2. fg5 hxf4 3. gxc7 dxb6 4. bxf8+）
　　2. dxb4 hxf6 （2. ⋯ fxh6 3. fg5 hxf4 4. gxc7 dxb6 5. bxf8+）
　　3. fe5 dxf4　4. gxg7 fxh6　5. bxf8+

226：1. ef4! gxe3　2. fxf6 exg5　3. gf4 gxe3　4. cd4 exc5　5. bxb8+

227：1. gf4! exg3 （1. ⋯ gxe3 2. cb6 axc7 3. hg3 exc5 4. bxf8+）
　　2. hxf4 gxe3　3. cb6 axc7　4. fg3 hxf2　5. gxg3 exc5　6. bxf8+

228：1. fe5! dxf4　2. dc3 fxd2　3. hxf4 gxc5　4. bxb8 dxb4　5. axc3+

229：1. de5! fxd4　2. exe7 gxg1　3. bc3 dxf6　4. cd4 gxc5　5. bxb8+

230：1. fg3! hxd4　2. cxe5 gxe3　3. bc3 dxf4　4. cd4 exc5　5. bxb8+

231：1. hg3! hxf2　2. gxe3 ed6 （2. ⋯ gh4 3. ef6 exg5 4. ef4 gxc5 5. bxb8+）
　　3. ef4 cxg5　4. ef2 dxf4　5. bxb8+

232：1. bc3! dxb2　2. fe5! fxd4　3. hg5 hxd2　4. cxa3 axc5　5. bxh6+

233：1. gf2! cxe1　2. gh4 exg3　3. hxd6 cxe5　4. ab6 axc5　5. bxh6+

234：1. ef4! exe1　2. gf2 exg3　3. hxf4 gxe3　4. cd4 exc5　5. bxb8+

235：1. gf4! exg3　2. ed2 gxe1　3. cb4 exc3　4. bxb6 axc5　5. bxf8+

236：1. ed2 gxe1　2. ef6! gxe5 （2. ⋯ gxe7 3. cb4 exc3 4. bxb6 axc5
　　5. bxf8+）　3. cb4 exc3　4. bxf6 gxe7　5. bxf8+

237：1. cd4! exc3　2.ef4 gxe3　　　3. cd6 cxe5　　4. ab4 axc7　　5. bxb8+

238：1. cd6! cxe5　2.fg3 hxf2　　　3. exg3 fxh2　　4. ab6 axc5　　5. bxf8+

239：1. cd6! ef4 （1. … ed4　2. ba3 cxe5　3. ab6 axc5　4. bxf8+）

　　　2. ba3 cxe5　　3. hg3 fxh2　　4. ab6 axc5　　5. bxf8+

240：1. ed6! cxe5　2. cb4 exc3　　3. ed4 cxe5　　4. ab6 axc5　　5. bxf8+

241：1. ab6! bxd4　2. dc3 dxb2　　3. bxh8 bc1　　4. hg7 fxh6

　　　5. gf4 cxg5　6. hxf6+

242：1. ab4! exg3　2. ab6 cxa3　　3. ef4 gxe5　　4. cb4 axc5　　5. bxh8+

243：1. bc5! gxe3　2. cd2! exc1　　3. ab4 cxa3　　4. cb6 axc5　　5. bxd8+

244：1. hg5! fxh4　2. fe5 dxf4　　3. exg5 hxf4　　4. cb4 axc3　　5. dxb8+

245：1. fg5! hxf4　2. fg3 hxf2　　3. gxe7 dxf8　　4. cb4 axc3　　5. dxb8+

246：1. fg5! hxh2　2. fg3 hxf4　　3. exe7 dxf8　　4. cb4 axc3　　5. dxb8+

247：1. ef6! gxe7　2. ab6 cxa5　　3. fe5 dxf4　　4. exg5 hxf4

　　　5. cb4 axc3　6. dxf8+

248：1. de5! fxf2　2. hxf6 fxh4　　3. fe5 dxf4　　4. cb4 axc3　　5. dxb8+

249：1. hg7! fxh6　2. de5 dxf4　　3. eg5 fxh4　　4. cb4 axc3　　5. dxf8+

250：1. hg5! fxh4　2. fe5 dxf4　　3. eg5 fxh6　　4. hg7 fxh6

　　　5. cb4 axc3　6. dxf8+

251：1. fe3! hxd4 （1. … hxf4　2. gxg7 fxh6　3. cb4 axc3　4. dxf8+）

　　　2. cxg7 hxf4　　3. bc3! fxh6　　4. cb4 axc3　　5. dxf8+

252：1. ab4! cxa3　2. fg3 hxf2　　3. exg1 gxc5　　4. cb4 axc3　　5. dxb8+

253：1. ab4! cxa3　2. ef4! gxg1 （2. … gxc5　3. cb4 axc3　4. dxb8+）

　　　3. gf4 gxc5　　4. cb4 axc3　　5. dxb8+

254：1. cb6! axa3　2. fg3 hxf2　　3. exg1 gxc5　　4. cb4 axc3　　5. dxb8+

255：1. hg5! fxh4　2. df6 exg5　　3. cb6 axc5　　4. cb4 axc3　　5. dxb8+

256：1. fe5! dxf4　2. hg3! fxh2　　3. ef4 gxc5　　4. cb4 axc3　　5. dxf8+

257：1. ed6! exc5　2. dxb6 axc7　　3. cb4 axc5　　4. ed4 cxe3　　5. dxf8+

258：1. ab6! cxa5　2. cb6 axc7　　3. cb4 axc3　　4. ed4 cxe3　　5. dxf8+

259：1. ed4! cxe3　2. gh4 exg3　　3. dxh2 gf4　　4. cd2 de7　　5. hg5+

260：1. cd6! exc5　2. fg3 hxf2　　3. exg1 cxe3　　4. hg3 fxh2　　5. dxf8+

261：1. de5! fxf2　2. exe5 dxf4　　3. ed4 cxe3　　4. hg3 fxh2　　5. dxf8+

262：1. hg3! fxh2　2. fg3 hxf4　　3. cb4 axc5　　4. de5 fxd6

　　　5. ed4 cxe3　6. dxf8+

263：1. bc5! dxb4　2. hg3 fxh2　　3. dxb8 hxf4　　4. bxg3 hxf4

　　　5. bc3 bxd2　6. cxg5+

264：1. bc5! dxb4　2. axc3 ac5　　3. hg7 fh6　　4. ed4 ce3　　5. dxf8+

265：1. bc5! dxb4　2. fe3 axc5　　3. ed4 cxe3　　4. dxb8 bxd2　5. exc3+

266：1. hg7! fxh6　2. ba5 dxb4　　3. ab6 axe3　　4. dxf8 bxd2　5. cxe3+

267：1. gf6! gxe5　2. de4 cxe3　　3. axc5 dxb4　　4. dxf8 bxd2　5. cxe3+

268：1. hg7! fxh6　2. ed4 cxe3　　3. axc5 dxb4　　4. dxf8 bxd2　5. cxe3+

269：1. hg5! fxh4　2. hg7 fxh6　　3. ed4 cxe3　　　4. axc5 dxb4

　　　5. dxf8 bxd2　6. cxe3+

270：1. ef4! cxe3　2. fe5 dxf4　　3. gf6 gxe5　　　4. hg7 fxh6

　　　5. hg3 fxh2　6. dxf8+

271：1. cb4! axc5　2. ed4 cxe3　　3. fe5 fxd4　　　4. hxf6! gxe5　5. dxb8+

272：1. ed4 cxe3　(1. ⋯ gxe3　2. dxb6 ba7　3. dxf4 axc5　4. hg5 fxh4

　　　5. fe5 dxf4　6. bxb8+)　　　　2. bc5 dxb4　3. axc5 ba7　(3. ⋯ ef2

　　　4. gxe3 ba7　5. ab6! cxa5　6. cd6+)

　　　4. fe5! fxb6　5. hxf6 gxe5　　6. dxb8+

273：1. ef6! exg5　(1. ⋯ gxe5　2. dxa5+)

　　　2. cb4 axc5　3. hg3 hxf2　　4. exg1 cxe3　5. dxf8+

274：1. bc5! ba7　2. cb4! axe5　　3. cd6 exc5　　4. ed4 cxe3　5. dxb8+

275：1. cb6! axc7　2. cb4 axc5　　3. hg7 fxh6　　4. ed4 cxe3　5. dxf8+

276：1. gf6! gxe5　2. hg7 fxh6　　3. cb4 axc5　　4. ed4 cxe3　5. dxf8+

277：1. hg7! fxh6　2. cb4! axc5　(2. ⋯ exc3　3. ef4 axc5　4. dxf8+)

　　　3. dxb6 axc5　4. ed4 cxe3　(exc3)　5. dxf8+

278：1. cb4! axc5　(1. ⋯ fxh4　2. bc3)

　　　2. bc3 fxh4　3. hg7 fxh6　　4. cd4 cxe3　(exc3)　5. dxf8+

279：1. cb4! axe5　2. gf4 exg3　　3. fxf6 gxe5　　4. ed4 cxe3　5. dxb8+

280：1. cb4! axa1　(1. ⋯ axe5　2. fxb8)　　2. gh4! axg3

　　　3. hxf6 exg5　(3. ⋯ gxe5　4. hxb8+)

　　　4. fxf6 gxe5　5. ed4 cxe3　　6. dxb8+

281：1. ef4! gxe3　2. fxb6 ba7　　3. cd2! axc5　　4. cb4 axc3　5. dxb8+

282：1. dc3! axc5　2. cb4 axc3　　3. fe3 hxd4　　4. cd2 fxh4　5. dxb8+

283：1. cd4! exc3　2. ef4 gxg1　　3. cd2 hxf2　　4. dxb8 gh2

　　　5. exg3 hxe5　6. bxh2+

284：1. ef6! exg5　2. cb4 axc5　　3. ef4 gxe3　　4. gf4 exg5

　　　5. ed2 cxe3　6. dxf8+

285：1. hg3! bc7　2. gf4 cd6　　　3. fxh6 dxb4　　4. de5 fxd4　5. exa3+

286：1. gf4! gxe3　(1. ⋯ exg3　2. hxh6+)

　　　2. ab6 cxc3　3. ab4 cxa5　　4. ed2 dxb4　5. dxf8+

287：1. dc3! bxf4　2. fg3! fxh2　(2. ⋯ exc3　3. gxg7+)

　　　3. hg5! exc3　(3. ⋯ cxe3　4. ef2 fxh4　5. fxa5+)　4. cd2 fxh4　5. dxf8+

288：1. cb4! axa1　2. fe5 fxd4　　3. hg5 hxf4　　4. cb2 axc3　5. dxf8+

289：1. ab6! cxa5　2. cb4 axa1　　3. fg3 fxh2　　4. cb2 axc3　5. dxf8+

290：1. cb6! axg1　2. hg3 fxd4　　3. hxf6 exg5　　4. ef2 gxe3　5. dxf8+

291：1. dc5! dxb4　2.cd4! exa1　　3. axc3 axg1　　4. gxe5 fxd4
　　　5. ef2 gxe3　　6. dxb8+

292：1. hg5! fxf2　2.dxd8 bxb2　　3. exe5! axe1　　4. hg3 exh4
　　　5. ef6 hxe7　　6. dxa1+

293：1. cb6! axa3　2.dc5 dxb4　　3. fxb8 bc3　　4. ed4 cxe5　　5. bxf4+

294：1. ef4! gxg1　(1. ··· exg3　2. hxh6+)
　　　2. hg5 fxh4　　3. dxd8 gxb6　　4. cb4 axc3　　5. dxd2+

295：1. cb4! cxa3　2. ed6 cxe5　　3. hg5 hxf4　　4. exe7 fxd6　　5. dxh8+

296：1. cb2! axa1　2. cd6 exc5　　3. dxd8 axf6　　4. ef4 gxe3　　5. dxc1+

297：1. fe3! hg7　(1. ··· fg3　2. ef4 gxe5　3. dxa5+)
　　　2. exg5 gh6　　3. gf2 hxf4　　4. fe3 fg3　　5. ef4 gxe5　　6. dxb6+

298：1. hg5! fxh4　2. fe3 hxf2　　3. cb4 axc5　　4. dxh8 fxd4　　5. hxa1+

299：1. cd4 ba3　　2. dc3! cb2　　3. cb4 bc1　　4. ab2! cxc5　　5. fe3+

300：1. gf2! gh4　　2. ab6! cxa5　　3. exc7 bxd6　(3. ··· gxe5　4.ed4 bxd6
　　　5. dxh8+)　　4. ed4 gxe5　　5. dxh8+

301：1. ed4! hxf2　2. gxe3 exg3　　3. bc7 dxb6　　4. ef4 gxe5　　5. dxd8+

302：1. ab6! cxc3　2. ed4 dxb4　　3. dxd8 gxe3　　4. fxb2 hxf2　　5. gxe3+

303：1. ab6! cxc3　2. ed4 dxb4　(2. ··· gxg1　3. dxd8 gxb6　4. dxd2 hxf2
　　　5. exg3+)　　3. axc5 gxg1　　4. dxd8 gxb6　　5. dxd2 hxf2　　6. exg3+

304：1. cd2! axc1　2. ed4 cxg1　　3. dxd8 gxb6　　4. cb4 axc3　　5. dxe1+

305：1. cb2! axc1　2. ed4 cxg1　　3. dxd8 hxf2　(3. ··· gxb6　4.cb4 hxf2
　　　5. dxe1 axc3　6. exd8+)　　4. dxe1 gxb6　　5. cb4 axc3　　6. exd8+

306：1. fg5! hxd6　2. dc5 de5　　3. cb6! cd6　　4. ed4 axc7　　5. dxb6+

307：1. bc5! dxb4　2. ed6 cxe5　　3. dxh8 ba7　　4. hd4 dc7　　5. gf2+

308：1. bc5 dxb4　　2. axc5 bxd4　　3. exc5 gxe3　　4. fxh8 hxf2　　5. gxe3+

309：1. cd4! exa1　(1. ··· exa5　2. gf4 gxe3　3. fxh8+)　2. gf4 gxe3
　　　3. fxh8 axc5　　4. cb2 axc3　　5. hxa1+

310：1. ab2! cxa1　(1. ··· cxa5　2. fe5 dxh2　3. ef4 gxe3　4. fxh8+)
　　　2. cb2 axa5　　3. dc3 axd2　　4. exc1 gxe3　　5. fxh8 hxf2　　6. gxe3+

311：1. de3! bc5　　2. gf6! exg5　　3. fe5 dxf6　　4. ef4 gxe3　　5. fxd8+

312：1. bc3 cd4　　(1. ··· fg5　2. ef2 gxe3　3. fxd8+)
　　　2. cb4! fg5　　3. ef2 gxe3　　4. bc5! dxb4　(4. ··· dxb6　5. fxa5+)
　　　5. axc5 dxb6　　6. fxd8+

313：1. cb2! gxe3　2. bc3 dxb2　　3. fxb6 hxf2　　4. axc1! fe1
　　　5. cd2 exc3　　6. bxd2+

314：1. ef4! ha5　　2. de3! axc3　　3. fg5 fxh4　　4. ed4 cxe3
　　　5. fxd8 hxf2　　6. gxe3+

315：1. bc5! bxb2　2. dc3 bxd4　　3. exe7 gxe3　　4. exg5! hxh2　5. fxh8+

316：1. hg5! fxh4　2. bc5! dxd2　　3. bc3 dxb2 （3. ··· dxb4　4. axc5 dxb6
　　　5. fxh8 hxf2　6. gxe3+)　　　　4. fxh8 hxf2　　5. cxe3 fxd4　6. hxa1+

317：1. cb4! axc5　2. dxb6 axc5　　3. ef6 exg5　　4. ef4 gxe3　5. fxb6+

318：1. cb6! axc5 （1. ··· fxd4　2. bxd8+)
　　　2. hg3 fxd4　3. ef4 gxe3　　4. bc3 dxb2　5. fxd8 hxf2　6. axc1+

319：1. dc5! fe5　2. cd6 exc7　　3. cb4 axc5　　4. gf4 gxe3　5. fxd8+

320：1. ed2! fe7 （1. ··· ba7　2. dc3)
　　　2. ed4! cxg5　3. de3 dxd2　4. cxe3 axc5　5. ef4 gxe3　6. fxh8+

321：1. hg5! fxh4　2. cb6 cxa5　　3. de3 axc5　　4. ed4 cxe3　5. fxh8+

322：1. fe5! dxh2　2. cb4 axc3　　3. dxb4 axc5　　4. ef4 gxe3　5. fxh8+

323：1. fe5! dxd2　2. bxb8 dxb4　　3. be5 ba3　　4. fg3 ab6　5. ed4+

324：1. ab4! cxa3　2. cd4 exc3　　3. dxb4 axc5　　4. ef4 gxe3　5. fxd8+

325：1. cd6! exc5　2. ab4 cxa3　　3. cd4 exc3　　4. dxb4 axc5
　　　5. gf4 gxe3　6. fxd8+

326：1. cd4! axe5　2. ab4 cxa3　　3. ed4 exc3　　4. dxb4 axc5
　　　5. gf4 gxe3　6. fxd8+

327：1. ef4! gxe3　2. ab4! cxa3　　3. dc5 bxd4　　4. cb4 axc5
　　　5. bc3 dxb2　6. fxd8+

328：1. cd6! exc5　2. bxd6 cxe5　　3. ef4 gxe3　　4. fxh8 hxf2　5. gxe3+

329：1. cd6! exc5 （1. ··· cxe5　2. ef4)
　　　2. cb4 axc3　3. dxd6 cxe5　4. ef4 gxe3　5. fxh8 hxf2　6. gxe3+

330：1. hg3! axa1　2. ed6 cxe5　　3. ef4 gxe3　　4. fxh8 hxf2
　　　5. gxe3 de7　6. ed4+

331：1. bc5! dxb4 （1. ··· exg3　2. cxe7 dxf6　3. bxd8+)
　　　2. axc5 exg3　3. cd6 cxe5　4. ef4 gxe3　5. fxh8+

332：1. cd6! exc5 （1. ··· gxe3　2. dxf8+; 1. ··· cxe5　2. fxf8+)
　　　2. cb4 gxe3　3. bxd6 cxe5　4. fxh8 hxf2　5. gxe3+

333：1. fg3! hxd4　2. cxe5 gxe3　　3. ef2 dxf4　　4. bxd6 cxe5　5. fxh8+

334：1. fe5! dxf4　2. bxd6 cxe5　　3. ab6 axc5　　4. ed4 cxe3　5. fxh8+

335：1. bxd6! exg3　2. bc3 cxe5　　3. ab6 axc5　　4. ed4 cxe3　5. fxh8+

336：1. de5! fxb2　2. de3 cxe5　　3. ef4 gxe3　　4. fxh8 hxf2　5. hxa1+

337：1. de5! fxb2　2. ab4! axc3 （2. ··· cxe5　3. ef4)
　　　3. cxa3 cxe5　4. ef4 gxe3　　5. fxh8+

338：1. hg3! axe5　2. fxd6 cxe5　　3. ef4 gxe3　　4. fxd8 hxf2　5. gxe3+

339：1. ab6! cxa5　2. ab4 axe5　　3. ef4 gxe3　　4. fxh8 hxf2　5. gxe3+

340：1. ef4! gxe3　2. hg5 fxh4　　3. cb4 axe5　　4. fxd8 bxd4　5. dxe3+

341：1. de5! fxb2 （1. ··· fxb6　2. cb4 axe5　3. ef4 gxe3　4. fxh8 hxf2　5. gxe3+)
　　　2. cxa3 axc3　3. cd6 cxe5　4. ef4 gxe3　　5. fxd8 hxf2　6. gxe3+

342：1. cb4！axe5　2. cb6 axc5　　3. ef4 gxe3　　4. fxh8 hxf2　5. gxe3+

343：1. cb4！axe5　2. ab4 bxd4　　3. exc5 gxe3　　4. fxh8 hxf2　5. gxe3+

344：1. cb4！axe5　2. ba3 bxd4　　3. exc5 dxb4　　4. fxd8 bc3

　　　5. gf4 gxe3　6. fxb2+

345：1. cd2！axe5　2. dc3 dxd2　　3. exc1 gxe3　　4. fxh8 hxf2　5. gxe3+

346：1. cb4！axe5　2. dc3 bxb2　　3. ef4 gxe3　　4. fxh8 hxf2　5. hxa1+

347：1. cb6！axc5　2. dxb6 cxa5　　3. cb4 axc3　　4. ed4 cxe5

　　　5. gf4 exg3　6. fxf8+

348：1. cb6！cxa5　(1. … axc5　2. dxd8+)

　　　2. de5 fxb2　3. axc1 axc3　　4. ed4 cxe5　　5. gf4 exg3　6. fxd8+

349：1. de3！bxb2　2. ef4 exg3　　3. fxh8 ba1　　4. cb2 axd4　5. hxa1+

350：1. cb4 dxf4　2. bxd6 cxe5　　3. hg3 fxh2　　4. ef4 exg3　5. fxh8+

351：1. ab6！cxa5　(1. … dxb2　2. bxa1+)

　　　2. hg3 dxb2　3. axc1 axc3　　4. gf4 exg3　5. fxd8+

352：1. ab6！axc5　2. hg3 dxb2　　3. axc1 cxa3　　4. gf4 exg3　5. fxd8+

353：1. fe5！dxf4　2. de5 fxd6　　3. cd4 axe5　　4. hg3 dxb4

　　　5. gf4 exg3　(5. … gxe3　6. dxc3+)　6. fxh8+

354：1. ab6！cb4　2. axc5 dxb4　　3. ef2 axc5　　4. ef4 gxe3　5. fxb6+

355：1. ef4！gxc5　2. bxb8 ed6　　3. cd4 exc3　　4. bxa1 fg5　5. ae5+

356：1. bc3！dxb2　2. axc1 cxa3　　3. cb2 axc1　　4. ef4 cxe3　5. fxd8+

357：1. cd4 ha3　2. fg5！bc5　　3. dxb6 axc5　　4. ab2！axc1

　　　5. ef4 cxe3　6. fxb6+

358：1. ef6！gxg3　2. hxf2 hxf4　　3. cb2 axc1　　4. ed2 cxe3　5. fxd8+

359：1. gh4！exg3　2. ef4 gxe5　　3. hg5 hxf4　　4. cb2 axc1

　　　5. ed2 cxe3　6. fxh8+

360：1. fg5！fxh4　2. dc3 bxf4　　3. cb2 axc1　　4. ed2 cxe3　5. fxh8+

361：1. de3！fxd2　(1. … cxa3　2. exg5 hxf4　3. cd2 axe3　4. fxh8+)

　　　2. cxe1 cxa3　3. hg5 hxf4　　4. cd2 axe3　5. fxh8+

362：1. dc3！bxd2　2. cxg5 axc1　(2. … hxf4　3. ed2 axe3　4. fxd4+)

　　　3. gf6！exg7　4. hg5 hxf4　　5. ed2 cxe3　6. fxh8+

363：1. dc5！bxb2　2. dc3 bxd4　　3. exg5 hxf4　　4. cb2 axc1

　　　5. ed2 cxe3　6. fxh8+

364：1. cd6！ef4　2. de5 fxd4　　3. cxg3 hxf4　(3. … cxe5　4. ef2)

　　　4. ef2 cxe5　5. cd2 axe3　6. fxh8+

365：1. cb2！axc1　2. ab6 cxa3　　3. bc7 dxb6　　4. axg5 hxf4

　　　5. ed2 cxe3　6. fxh8+

366：1. fe5！cxa3　2. ab6！axc5　　3. ed2 dxf4　　4. cb2 axe3　5. fxh8+

367：1. ab4！cxa3　2. ed4 gxc5　　3. ed2 dxf4　　4. ab2 axe3　5. fxh8+

368：1. fg3! h×f2　　2. e×g1 g×c5　　3. ef2 d×f4　　4. cd2 a×e3　　5. f×h8+

369：1. ef4! g×c1　　2. cb4 d×f4　　3. b×d6 c×e5　　4. a×c7 b×d6

　　　5. ed2 c×e3　　6. f×h8

370：1. gf4! g×c1　　2. ab4 c×a3　　3. a×g5 h×f4　　4. cb4 a×c5

　　　5. ed2 c×e3　　6. f×d8+

371：1. fg5! h×f4　　2. cb2 a×c1　　3. ed2 c×e3　　4. cb4 a×e5

　　　5. f×d8 b×d4　　6. d×h6+

372：1. fe5! d×d2　　2. b×b8 d×b4　　3. be5 ef6　　4. ed4 ba3　　5. fe3+

373：1. cd4! ba3　　2. cb2! a×c1　　3. ab3 c×a3　　4. dc5 a×g3　　5. f×h8+

374：1. cd4! ba3　　2. gh2 a×c1　　3. ab2 c×a3　　4. dc5 a×g3　　5. f×h8+

375：1. ab4! d×b2　　2. hg7 f×h6　　3. bc5 d×b4　　4. f×f8 h×f4

　　　5. f×g5 h×f4　　6. gf2+

376：1. ab4! cb6　　2. dc5! b×b2　　3. bc5 d×b4　　4. f×f8 h×f4

　　　5. f×e7 d×f6　　6. gf2+

377：1. dc5 d×b4　　2. a×c3 c×a5　　3. cb4 a×c3　　4. ed4 c×e5　　5. f×h6+

378：1. gh3! gh4　　2. ed6 c×e7　　3. ab4 a×c3　　4. ed4 c×e5　　5. f×f8+

379：1. fg3! gh4　　2. cd6! c×c3　　3. ed4 h×f2　　4. e×g3 c×e5　　5. f×f8+

380：1. ed6! c×e5　　2. f×f8 h×h2　　3. a×c7 b×d6　　4. cd4 c×e3　　5. f×g1+

381：1. h×f6! e×a1　　2. ed2 g×e5　　3. dc3 a×d4　　4. e×e7 d×f6　　5. f×b8+

382：1. cb2! a×c1　　2. ed6 c×e7　　3. cb4 a×e5　　4. f×f8 c×f4　　5. g×e5+

383：1. cd4! ba3　(1. … bc3　2. ba3 c×e5　3. f×f8+)

　　　2. de5 a×c1　　3. ef6 g×e5　　4. f×f8 c×f4　　5. g×e5+

384：1. cb2! ba3　(1. … cb6　2. ba3 bc5　3. d×b6 a×c5　4. de3 b×d2

　　　5. e×c1 ab4　6. cd2+)　　2. de3 a×c1　　3. cb4 a×e5

　　　4. f×f8 c×g5　(4. … c×f4　5. g×e5 f×d4　6. hg5 h×f4　7. f×c5+)

　　　5. fe7 f×d8　　6. h×h8+

385：1. dc5! b×d4　　2. c×g7 a×a1　　3. hg3 h×f6　　4. ed4 a×e5　　5. f×b8+

386：1. bc5! d×d2　　2. ab4! a×a1　　3. ed4 a×e5　　4. f×b8 h×f4

　　　5. c×e7 f×d6　　6. b×h8+

387：1. fg5! cb6　　2. a×c7 d×b8　　3. hg7! f×h8　　4. ef4 h×f6　　5. f×f8+

388：1. dc5! ba3　(1. … bc3　2. b×d4 d×b4　3. dc5 b×d6　4. gh6)

　　　2. gf2! a×c1　　3. fe3 d×b4　　4. gf6 e×g5　　5. f×f8 c×d6　　6. f×a3+

389：1. hg3! f×h4　　2. bc7 d×b6　　3. f×d8 h×f6　　4. d×g5 ba3　　5. gf6+

390：1. cd4! a×e5　　2. gf6 f×d2　　3. f×d8 dc1　　4. de7 de5　　5. ef6+

391：1. ed4! c×g5　　2. h×f8 d×f4　　3. f×h2 cd6　　4. h×c7 b×d6　　5. cd4+

392：1. fe5! d×f4　　2. cd6 c×e5　　3. cd2 a×c5　　4. de3 f×b4　　5. h×h6+

393：1. dc5! d×b4　　2. ef6 g×e5　　3. dc3 b×d2　　4. c×g5 h×f6　　5. h×b8+

394: 1. ab6! cxa5   2. dc7! bxd6   3. cb6 axc7   4. bc5 dxd2
     5. cxg5 fxh4   6. hxb8+

395: 1. hg5! exg3   2. ed4! hxf4   3. de3 fxd2   4. cxe1 axe5
     5. gh2 dxb4   6. hxh6+

396: 1. ef2! gxe1   2. gf2 exg3   3. cd6 exc7   4. de3 fxd2
     5. cxe1 axe5   6. hxb8+

397: 1. ab6 axc5   2. bc3 dxb2   3. fxb6 gf4   4. axc3 fg3   5. bc7

398: 1. de5! dxf4   2. gh2 bxd6   3. dc3 fxb4   4. hxf8 dc5   5. fxd6+

399: 1. gf4! exg3   2. hg7 fxh6   3. cd4 axe5   4. gh2 cxa5   5. hxf8+

400: 1. fe3! hxf6   2. ef4 exg3   3. cd4 axe5   4. gh2 dxb4   5. hxb8+

401: 1. dc3! exg3   2. ab6 cxa5   3. cd4 axe5   4. gh2 dxb4   5. hxf8+

402: 1. bc5! exg3   2. ab4 hxf6   3. cd4 axe5   4. gh2 dxb4   5. hxb8+

403: 1. gf4! exg3   2. cd6! exc5   3. cb4 cxa3   4. gh2 axc5   5. hxf8+

404: 1.cd4 exc3   2. dxb4 axc3   3. ed2 cxe1   4. gf2 exg3   5. hxb8+

405: 1.ab6! cxa5   2. ed4 exc3 (2. ··· cxe3   3. dxc5+)
     3. dxb4 axc3   4. ed2 cxg3   5. hxf8+

406: 1. ed2! dxf4   2. dc5 bxd4   3. cxg3 axe1   4. gh4 exg3   5. hxf8+

407: 1. de5! fxd4   2. cxg3 axa1 (2. ··· axe1   3. gh4 exg3   4. hxa3+)
     3. cb2 axe1   4. gh4 exg3   5. hxf8+

408: 1. cb4! axc5   2. ab6! cxa5   3. ed6 ef6   4. dxb4 axe1
     5. gh4 exg3   6. hxf8+

409: 1. ba5! exe3   2. axc7 bxd6   3. ed2 cxe1   4. gf2 exg3   5. hxf8+

410: 1. cb4! axc3   2. bxd4 exc3   3. ed2 cxe1   4. gf2 exg3   5. hxd6+

411: 1. bc5! dxd2   2. cxe3 exc3   3. ed2 cxe1   4. gf2 exg3   5. hxd6+

412: 1. cd4! exc3   2. ef2 cxe1   3. axc3 exa5   4. cd2 axe1
     5. gh4 exg3   6. hxf8+

413: 1. ab6! cxa7 (1. ··· cxa5   2. cb4 axc3   3. cd2 cxe1   4. gh4 cxg3   5. hxb4+)
     2. cd4 exc3   3. cd2 cxe1   4. gh4 exg3   5. hxf8+

414: 1. cd4! exc3   2. ab6! cxa5   3. ef2 cxg3   4. gh2 axc3
     5. hxf8 dxb4   6. axc5+

415: 1. cd4! axe5   2. ed4 exc3   3. cd2 cxe1   4. gf2 exg3
     5. hxf8 dxb4   6. axc5+

416: 1. cb4! axg3   2. hxf8 dc5   3. fxb4 axc5   4. de5 hg3   5. ef6+

417: 1. cb6! axc7   2. cd4 exa5   3. ab4 axc3   4. cd2 cxg3   5. hxb8+

418: 1. dxb6 axc5   2. cb4 axc3   3. ed2 cxg3   4. hxf4 dc7   5. ab2+

419: 1. ef4! exe1   2. gf2 exg3   3. hxf8 bc5   4. dxb6 axc5
     5. cd4 cxe3   6. dxf4+

420：1. cd6! exc7　　2. gf4! exg5　　　3. dc5 bxb2　　4. axc1 axc3
　　　5. cd2 cxg3　　6. hxb8+

421：1. hg5! axc3　　2. gf6 exg5　　　3. cd2 cxe1　　4. gf4 exg3　　5. hxf8+

422：1. ab6! cxa5　　2. ed4 cxg5　　　3. ab4 axc3　　4. ed2 cxg3　　5. hxf8+

423：1. ef4! exe1　(1. … cxg5　2. cd4 exg3　3. hxa7+)
　　　2. de3 exb4　　3. cd2! bxe1　　4. ef4 cxg5　　5. gf2 exg3　　6. hxb8+

424：1. fg5! hxf4　　2. exe7 dxf6　　3. gf4! cxg5　　4. cb4 axg3　　5. hxf8+

425：1. gh2! axc3　　2. ed2 cxg3　　　3. ed4 cxg5　　4. hxf8 dxf4　　5. fxh2+

426：1. ef4! exe1　　2. de5 fxd4　　　3. cxe5 axa1　　4. ef6! axg7
　　　5. gf2 exg3　　6. hxb8+

427：1. dc3! fxd2　　2. bc5 dxd6　　　3. ed2 exe1　　4. gf2 exg3　　5. hxf8+

428：1. cd6! exc7　　2. gxe5 fxb2　　　3. axc1 axc3　　4. cd2 cxg3　　5. hxf8+

429：1. cb2! axc1　　2. cd4 exe1　　　3. gh2 cxf4　　4. gxc7 bxd6
　　　5. ab6 exg3　　6. hxf8+

430：1. bc5 ed6　(1. … cd6　2. cd2 dxb4　3. axc5 ed6　4. gxe7 dxb4　5. ba3 fxd6
　　　6. axe7+)　　　2. gxe7 dxb4　　3. axc5 fxb4　　4. ba3! bc3
　　　5. cd2 cxg3　　6. hxb8+

431：1. dc5! bxb2　　2. dc3 bxd4　　　3. exc5 axc3　　4. ed2 cxg3　　5. hxb8+

432：1. bc5! bxb2　　2. ab4 axg3　　　3. hxb8 ba1　　4. ed4 axe5　　5. bxh2+

433：1. dc5! bxd4　　2. ba3 dxb2　　　3. axc1 axc3　　4. ed2 cxe1
　　　5. gh4 bxg3　　6. hxb8+

434：1. gh2! bxd4　　2. ba3 dxb2　　　3. axe1 axc3　　4. ed2 cxg3　　5. hxf8+

435：1. ef4 gxe3　(1. … exg3　2. hxd6)
　　　2. dxf2 bxd4　　3. ba3 dxb2　　4. axc1 axc3　　5. cd2 cxg3　　6. hxf8+

436：1. de5! fxh4　　2. ba3 bxb2　　　3. axc1 axc3　　4. ed2 cxe1
　　　5. gf2 exg3　　6. hxb8+

437：1. cd4! exc3　　2. ed4 cxe5　　　3. de3 axc3　　4. ed2 cxe1
　　　5. gh4 exg3　　6. hxb8+

438：1. dc3! fe5　　2. cd2! axc1　　　3. cb4 axg3　　4. hxb8 cxf4　　5. bxh2+

439：1. cb4! axc3　(1. … e1xg3　2. fxb8)
　　　2. ed2 cxe1　　3. gf4! e5xg3　　4. ef4 gxe5　　5. gh2 exg3　　6. hxb8+

440：1. de3! dc3　　2. ed2! cxe1　　　3. gf4 e5xg3　　4. ef4 gxe5
　　　5. gh2 exg3　　6. hxb8+

441：1. ba3! bc3　　2. ed4! cxe5　　　3. ab4 axc3　　4. ed2 cxe1
　　　5. gf2 exg3　　6. hxb8+

442：1. de3! dc3　(1. … ab4　2. axc5 dxb6　3. fe5 fxd4　4. exa7+)
　　　2. fg5! fxh4　　3. ed4 cxe5　　　4. ab4 axc3　　5. cd2 cxg3b　6. hxb8+

443: 1. gf6! gxe5 (1. … exg5 2. hxh8+)
　　　2. ab4 axc3　　3. cd2 cxe1　　4. gf2 exg3　　5. hxb8+
444: 1. ab6! cxc3 2. ef6 gxe5 (2. … exg5 3. hxh8+)
　　　3. ed2 cxe1　　4. gf2 exg3　　5. hf8+
445: 1. ef6! dxb2 (1. … gxe5 2. cb4 axc3 3. ed2 cxe1 4. gh4 exg3 5. hxb8+)
　　　2. axc3 gxe5　　3. cb4 axc3　　4. ed2 cxe1　　5. gh4 exg3　　6. hxb8+
446: 1. cb4! axc3 2. cd2 cxe1　　3. gh4 exg3　　4. hxf6! gxe5 5. hxb8+
447: 1. cd6! exc5 2. cd4 exc3　　3. ed2 cxe1　　4. gh4 exg3
　　　5. hxf6 gxe5　　6. h2xb8+
448: 1. cb6! axc7 2. cd4 exe1　　3. gh4 exg3　　4. hxf6 gxe5 5. hxb8+
449: 1. gh2! axc3 2. ed2 cxe3　　3. ef6 exg5　　4. gh4 exg3
　　　5. hxf6 gxe5　　6. hxb8+
450: 1. ed2 dxf4 2. dc5 bxd4　　3. cxg3 exe1　　4. gh4 exg3
　　　5. hxf6 gxe5　　5. hxb8+
451: 1. cb4! axc3 2. ed6! cxg5　　3. cd2 exe1　　4. gh4 exg3
　　　5. hxf6 gxe5　　6. hxb8+
452: 1. cb2! axc1 2. cb4 axe1　　3. ef4 cxg5　　4. gh4 exg3
　　　5. hxf6 exg5　　6. hxb8+
453: 1. ef6! gxc3 2. ed4 cxe5　　3. ab4 axc3　　4. ed2 cxg3 5. hxb8+
454: 1. fe5! axe1 2. ef6 gxc3　　3. ed4 cxe5　　4. gf2 exg3 5. hxb8+
455: 1. ef6! gxc3 (1. … axe5 2. fxb8+)
　　　2. ed4 cxe5　　3. de3 axc3　　4. ed2 cxg3　　5. hxb8+
456: 1. de3! axc3 2. gf4 exe1　　3. ed4 cxe5　　4. gf2 exg3　　5. hxb8+
457: 1. cb4! axa1 (1. … exa1 2. fe3+)
　　　2. fe3 exc3　　3. ed2 cxe1　　4. ed4 axe5　　5. gf2 exg3　　6. hxb8+
458: 1. cd4! axe1 (1. … exe1 2. gh2+)
　　　2. gh2! exc3　　3. ed4 cxe5　　4. gh4 exg3　　5. hxb8+
459: 1. hg5 fxh6 2. ab4 axc3　　3. cd2 cxe1　　4. gh4 exg3　　5. hxb8+
460: 1. fg3! fe5 2. hg5 fxh6　　3. ed2 ce1　　4. gh4 eg3　　5. hxf8+
461: 1. hg5! fxh6 (1. … fxh4 2. dxd8 fe3 3. fxd4 hxf2 4. de5 bxb2
　　　5. axc1 axc3 6. dxh4+)　　2. dc5 bxd2　　3. axc1 axc3
　　　4. cxd2 cxe1 5. gh4 exg3　　6. hxb8+
462: 1. de3! fxd2 2. dc5 bxe2　　3. axe3 axc3　　4. ed2 cxg3　　5. hxb8+
463: 1. dc5! bxb2 (1. … dxb4 2. axa7+)
　　　2. dc3 bxd4　　3. exe7 fxd8　　4. ab4 axg3　　5. hxb8+
464: 1. bc5! dxd2 2. cxg5 fxh4　　3. ab4 axc3　　4. ed2 cxg3　　5. hxb8+
465: 1. cb4! axe1 2. cb2 fxd2　　3. bc3 dxb4　　4. axe7 fxd8
　　　5. gf2 exg3　　6. hxb8+

466：1. ab6! cxe1　　2. ab2 dxb4　　3. bc3 bxd2　　4. cxg5 hxh6
　　　5. gh2 exg3　　6. hxf8+

467：1. ed4! exe1　　2. gxe5 exb4　　3. cd2 bxe1　　4. gf2 exg3　　5. hxb8+

468：1. de5 fxd4　　2. hxd8 ha5　　3. dxf2! axe1　　4. gh4 exg3　　5. hxf2+

469：1. fe3 fxd2　　2. de5 fxb2　　3. exa1 axc3　　4. hxh8 cd2
　　　5. hc3 bxd4　　6. ab2+

470：1. fg3 hxd2　　2. ba5 dxb4　　3. axc7 bxd6　　4. axe7 fxd8　　5. hxh8+

471：1. bc7! fe3　　2. bc5! dxd2　　3. ab2 bxd6　　4. bc3 dxb4
　　　5. axe7 fxd8　　6. hxf2+

472：1. de3! fxb4　　2. dc5 bxd4　　3. bc3 bxd2　　4. cxe7 fxd8　　5. hxd4+

473：1. ef4! gxe3　　2. bc3 bxd2　　3. ab4 cxa3　　4. gf4 exg5
　　　5. cxe7 fxd8　　6. hxh8+

474：1. fe5! dxh2　　2. fg3 hxf4　　3. bc5 bxf2　　4. exe5 fxd4　　5. hxd8+

475：1. cb2! axc1　　2. ab2 cxd6　　3. de5 fxf2　　4. exc7 dxb6　　5. hxd8+

476：1. ba5 exc3　　2. ed2! cxe1　　3. cd2 exd6　　4. bc7 dxb6
　　　5. axg7 fxh6　　6. hxd8+

477：1. cd2! axc1　　2. dc3 cxf4　　3. fe3 fxd6　　4. bc7 dxb6
　　　5. axg7 fxh6　　6. hxd8+

478：1. cd4! exc3　　2. bxb6 axc5　　3. ed4 cxe3　　4. gf4 exg5　　5. hxh8+

479：1. ed4! cxe3　　2. dxd6 exc5　　3. cd4 cxe3　　4. gf4 exg5　　5. hxh8+

480：1. cd4! exc3　　2. dxd6 exc5　　3. ed4 cxe3　　4. gf4 exg5　　5. hxh8+

481：1. cd4 exc3　　2. dxb4 axc5　　3. ed4 cxe3　　4. gf4 exg5　　5. hxh8+

482：1. cd6! de7　　2. hg3 exc5　　3. cd4 cxe3　　4. gf4 exg5　　5. hxh8+

483：1. cd6! de7　　2. fe5! hxf4 (2. ··· exc5　3. gf6+)
　　　3. exg3 exc5　　4. cd4 cxe3　　5. gf4 exg5　　6. hxh8+

484：1. de5! cxa1　　2. fg3 axf6　　3. gxe7 fxd6　　4. ed4 cxe3
　　　5. gf4 exg5　　6. hxh8+

485：1. cb4! axc3 (1. ··· axc5　2. ef4 cxg5　3. gh4 fxd4　4. hxh8+)
　　　2. dxb4 axc5　3. ef4 cxg5　　4. gh4 dxf6　　5. hxh8+

486：1. ed4! cxe3　　2. ba3 fxd4　　3. axc5 dxb6　　4. gf4 exg5　　5. hxh8+

487：1. ed4! cxe3　　2. cb2! axc1　　3. ab2 cxa3　　4. ed6 axe7
　　　5. gf4 exg5　　6. hxd8+

488：1. gh4! cxa3　　2. cb2 axc1　　3. gh6 exg3 (3. ··· cxg5　4. hxb6+)
　　　4. hxf4 cxg5　　5. hxb6+

489：1. bc3! dxb2　　2. axc1 cxa3　　3. cb2 axc1　　4. gf4 cxg5　　5. hxh8+

490：1. ab2! ba3 (1. ··· cd4　2. fe5 dxf6　3. gf4+)
　　　2. fe5! axc1　3. ed6 cxe7　　4. gf4 cxg5　　5. hxd8+

491：1. dc3! bxd2　　2. cb2 axc1　　3. dc5 bxf2　　4. gxc3 cxg5　　5. hxd8+

492：1. hg3 cxc1　　2. ab2! cxg5　　3. hxh8 axc1　　4. gf4! cxg5
　　　5. ed6 cxe5　　6. hxh4+

493：1. hg3 fg1　　2. de3! gxa3　　3. cb2 axc1　　4. gf4 cxg5　　5. hxd8+

494：1. ab2! fxd4　　2. dc3 bxd2　　3. cxc5 axc1　　4. gf4 cxg5　　5. hxh8+

495：1. de3! bxd2　　2. cb2 axc1　　3. de5 fxf2　　4. gxc3 cxg5　　5. hxd8+

496：1. cd4! cb4　　2. bc3 bxd2　　3. cb2 axc1　　4. de5 fxf2
　　　5. gxc3 cxg5　　6. hxd8+

497：1. cb2! axc1　　2. de5 fxb2　　3. dc3 bxd4　　4. exa7 cxg5　　5. hxd8+

498：1. cd2! axc1　（1. … hxf4　2. gxg7 fxh6　3. ba5）
　　　2. ba5 hxf4　　3. gxg7 fxh6　　4. ef4 cxg5　　5. hxd4+

499：1. ab6! cd4　　2. dc3 axc5　　3. cxg7 fxh6　　4. ab4 cxc1
　　　5. gf4 cxg5　　6. hxd8+

500：1. ed4! cxc1　　2. axa7 cxa3　（2. … fxd4　3. ab8）
　　　3. ab8 fxd4　　4. bxb2! axc1　　5. gf4 cxg5　　6. hxh8+

501：1. ab4! cxa3　　2. ab6 cxa5　　3. exc7 dxb6　　4. cb2 axc1
　　　5. ed4 cxg5　　6. hxd8+

502：1. de5! fxd4　　2. dc3 dxb2　　3. axc7 dxb6　　4. cb2 axc1
　　　5. fg3 cxg5　　6. hxd8+

503：1. gf6! exg7　（1. … exg5　2. ed2 cxe1　3. cb2 axc1　4. ab2 cxa3
　　　5. gh4 exg3　6. hxd6 axe7　7. hxd8+）
　　　2. ed2 cxe1　　3. cb2 axc1　　4. gh4 exg3　　5. hxf4 cxg5　　6. hxd8+

504：1. ed6! axc1　　2. dxb4 axc3　　3. ed4! cxe1　　4. gf2 exg3
　　　5. hxf4 cxg5　　6. hxd8+

505：1. hg3! exg1　　2. ef2 gxe3　　3. gf4 exg5　　4. bc3 bxd2
　　　5. cxe7 fxd8　　6. hxh8+

506：1. ba3! gxe1　　2. cd6 cxe5　　3. ab6 axc5　　4. bxf4 exa5
　　　5. ab4 axg5　　6. hxh8+

507：1. ab2! cxa1　　2. axc3 axd4　　3. ef4 dxg1　　4. ef2 gxg5　　5. hxd8+

508：1. cd4! exc3　　2. gf6 exg5　　3. cd2 cxe1　　4. gh4 exe5　　5. hxd8+

509：1. cb4! axc3　　2. ed2 cxe1　　3. gh4 exe5　　4. gf6 exg5　　5. hxd8+

510：1. cb4! ha5　（1. … g6　2. fe5! fxd4　3. cd2 hxf4　4. de3 dxf2
　　　5. exe5 dxf4　6. bxb8 fe3　7. bf4 exg5　8. hxa5+）
　　　2. ef2! axc3　　3. cd2 cxe5　　4. gf6 exg5　　5. hxd8+

511：1. ed2! ha5　（1. … gf6　2. gf2! fxh4　3. fe5 dxf4　4. bxb8+）
　　　2. gf2! axe1　　3. gh4 exe5　　4. gf6 exg5　　5. hxd8+

512：1. ed4 cxe3　　2. cb4 axc5　　3. gf4 exg3　　4. hxd8 gh4
　　　5. dxg5 hxf6　　6. cd2+

513: 1. ed4! cxe3   2. hg3 axc5   3. ef6 gxe5 (3. … gxe7   4. gh4 exg5

   5. hxg1+)   4. gh4 exg3   5. hxd8+

514: 1. de3! dxf2   2. cb2 axc1   3. ed2 cxe3   4. gxe1! exg3

   5. hxd8 fxh4   6. dxf6+

515: 1. fe3! cxe1   2. cd2 exc3   3. ed4 cxe3   4. gf4 exg3   5. hxb2+

516: 1. ed4! cxe3   2. cb4 gxe5   3. bc3 axc5   4. gf4 exg3   5. hxd8+

517: 1. gf2! hxf4   2. fg3! fe3   3. cd4 axe5   4. gf4 exg3   5. hxb6+

巴西规则高级战术组合练习题

以下各题，均为白先。

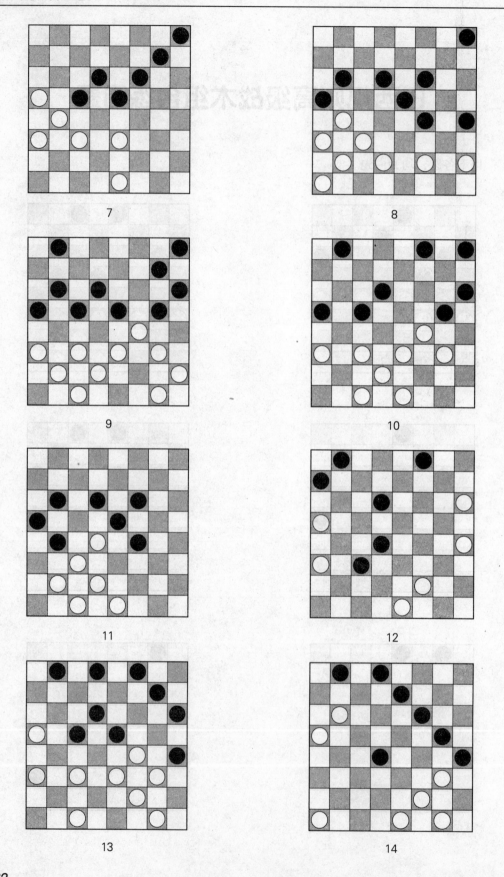

7

8

9

10

11

12

13

14

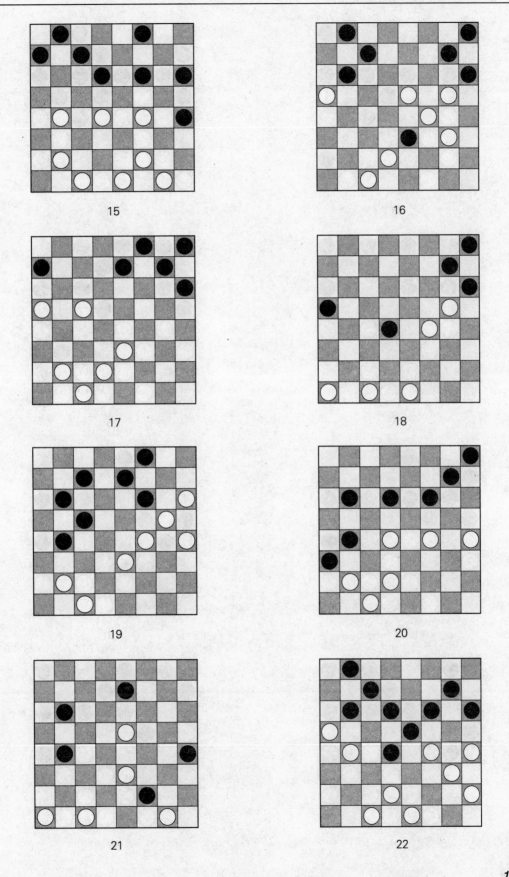

15

16

17

18

19

20

21

22

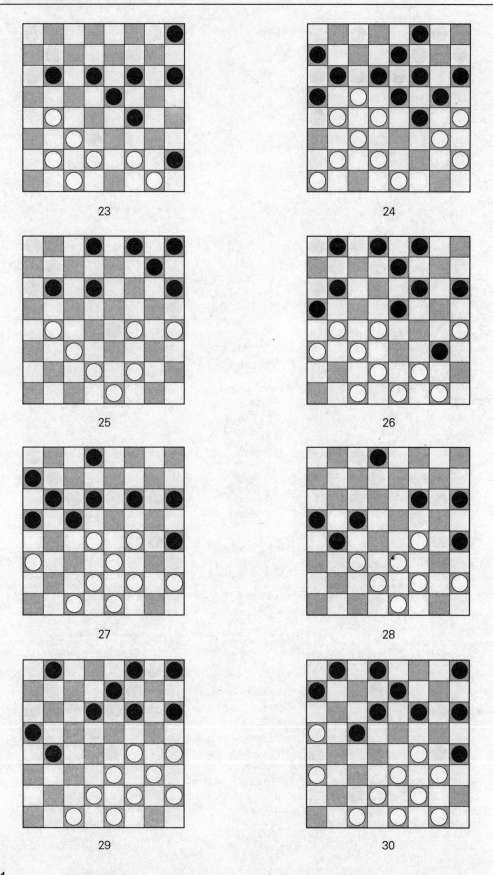

23

24

25

26

27

28

29

30

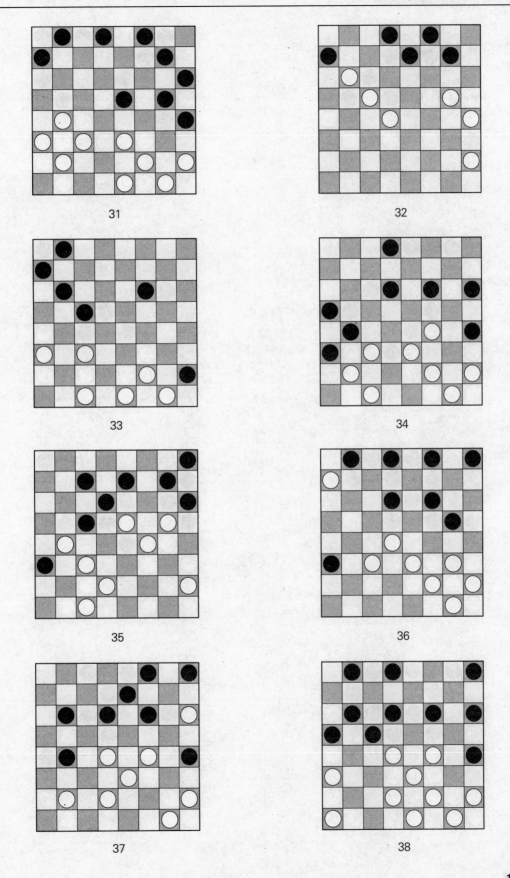

31

32

33

34

35

36

37

38

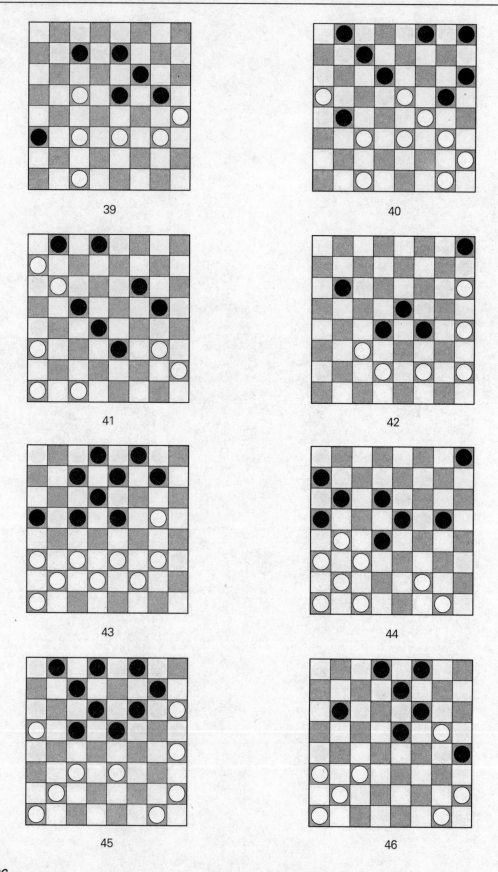

39

40

41

42

43

44

45

46

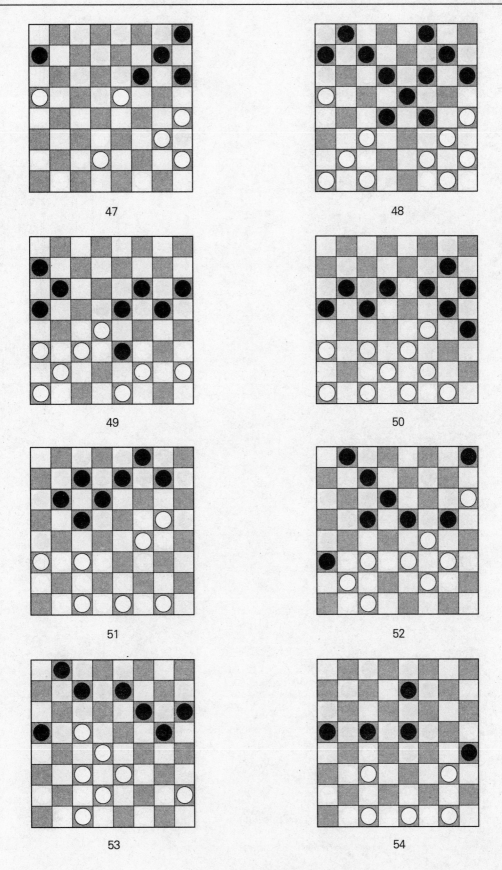

47

48

49

50

51

52

53

54

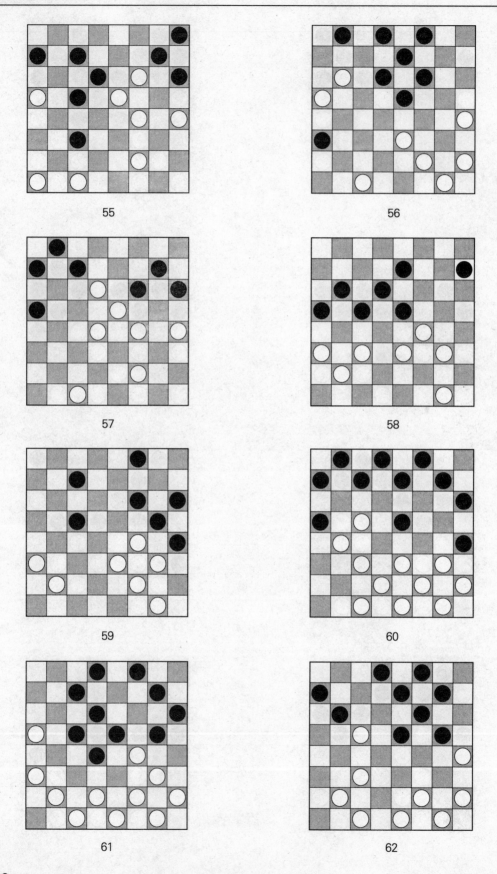

55

56

57

58

59

60

61

62

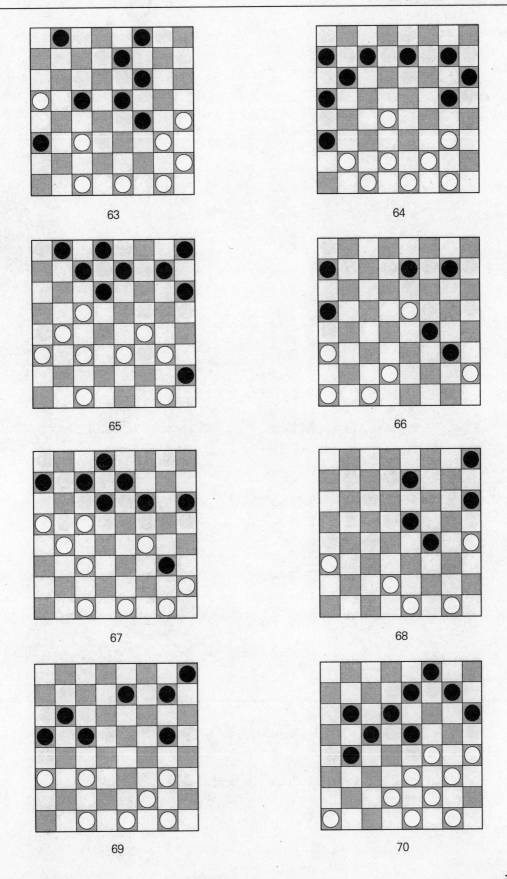

63

64

65

66

67

68

69

70

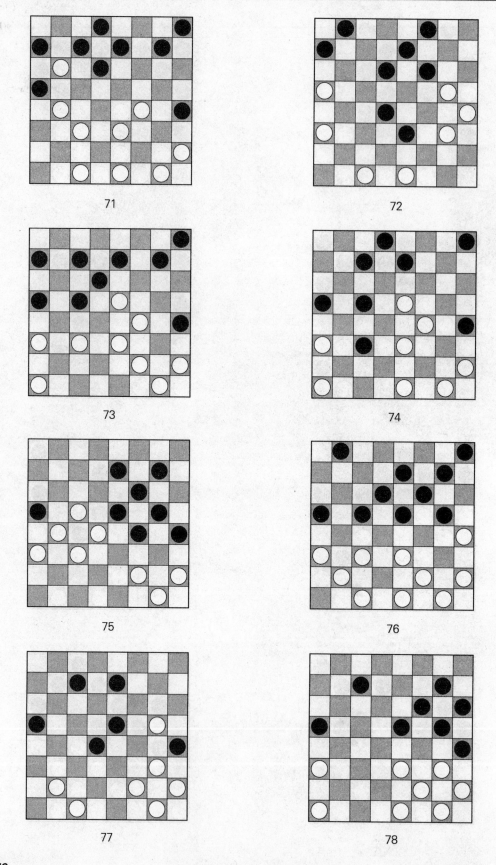

71

72

73

74

75

76

77

78

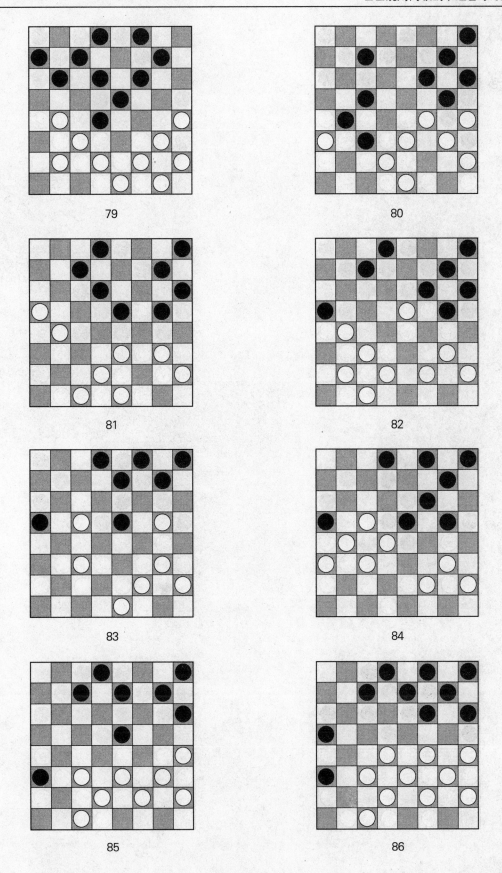

79

80

81

82

83

84

85

86

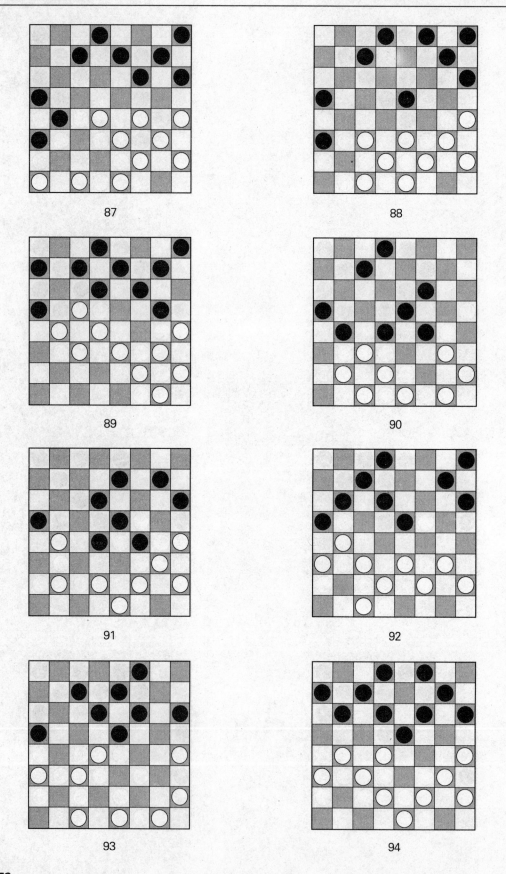

87

88

89

90

91

92

93

94

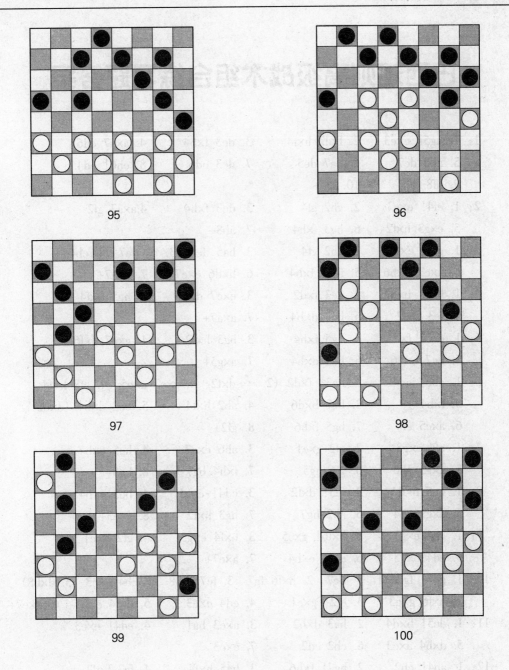

95

96

97

98

99

100

巴西规则高级战术组合练习题答案

1：1. hg5! cxe3　　2. fxd2 hxf4　　3. de3 fxb4　　4. axa7 ed6
　　5. ab8 dc7　　6. ba7 de5　　7. de3 cd6　　8. eh6! ed4
　　9. hf8 de5　　10. fg7+

2：1. ef4! exg3　　2. gh2 gf4　　3. de3 fxb4　　4.axa7 gf2
　　5. exg3 hxf2　　6. hg3 fxh4　　7. ab8+

3：1. gf4! exg3　　2. gh2 gf4　　3. ba5 de5 (3. ··· dc7　4. cb4+)
　　4. axc7 dxb6　　5. fe3! fxb4　　6. hxd6 cxe7　　7. axa7+

4：1. bc5! bxd4　　2. de3 fxd2　　3. exc7 dxb6　　4. hg5 hxf4
　　5. fe3 fxd2　　6. bc3 dxb4　　7. axa7+

5：1. de3! fxd2　　2. hg5 hxh4　　3. hg3 hxf2　　4. gxe7 dxf6
　　5. bc7 bxd6　　6. bc3 dxb4　　7. axg5+

6：1. ab6! cd4　　2. de3! fxd2 (2. ··· dxf2　3. gxe7 axc5　4. ef8 hxf4
　　5. fxb4+)　　3. bc7 bxd6　　4. ab2 hxf4　　5. bc3 dxb4 (dxb2)
　　6. axc5 ef4　　7. hg5 fxh6　　8. gf2+

7：1. ef4 exg3　　2. ef2 gxe1　　3. ab6 cxa7　　4. ha5 exb4
　　5. axg5 gh6　　6. gf6 hg5　　7. fxh4 hg7　　8. hg5+

8：1. bc5 bxd4　　2. fe3! dxf2　　3. cd4! exe1　　4. bc3 exb4
　　5. axg1 ab4　　6. ab2 hg7　　7. hg3 hxf2　　8. gxe3+

9：1. gh4 exg3　　2. hxf6! gxe5　　3. hxf4 exg3　　4. gf2 gxe1
　　5. ed4 cxe3　　6. dxf4 exb4　　7. axe7+

10：1. gh4! fg7 (1. ··· bc7　2. hxf6 fg7　3. fe7 dxf8　4. cb4 axc3　5. dxb8)
　　2. hxf6 gxg3　　3. ef2! gxe1　　4. ed4 cxe3　　5. dxf4 exb4　　6. axe7+

11：1. dc5! bxd4　　2. ba3 dxb2　　3. axe3 ba1　　4. ed4! exc3
　　5. dxb4 axc3　　6. cb2 cd2　　7. exc3

12：1. ab4! cb2　　2. hg7! fxh6　　3. hg5 hxf4　　4. fe3 fxd2
　　5. exc7 bxd6　　6. bc5 dxb4　　7. axa1+

13：1. ab4! cxa3　　2. ed4 gf6　　3. fe3 hxf2　　4. cd2 exg3
　　5. cb4 axc5　　6. dxb6 fxd4　　7. bc7 dxb6　　8. axg7+

14：1. gf4! gxe3　　2. ed2 excl　　3. ab2 cxa3　　4. fg3 hxf2
　　5. gxc5 axd6　　6. bc7 dxb6　　7. axg7+

15：1. de5! fxd4　　2. fg3 hxf2　　3. gxe7 fxd6　　4. bc5 dxb4
　　5. fg5 hxf4　　6. bc3 bxd2　　7. cxg5

16：1. ed6! cxe5   2. axc7! bxd6   3. gh4 exg3   4. hxd4 hxf4

　　5. dc5 dxb4   6. dc3 bxd2   7. cxg5+

17：1. ab6! ed6（1. ··· hg5   2. bc7 gf4   3. exg5 ef6   4. gxe7 fxb8   5. cd6）

　　2. cxe7 fxd6   3.bc3! axc5   4. cd4 cb4   5.de5 dxf4

　　6. cxg5 hxf4   7. dc3 bxd2   8. cxg5+

18：1. ed2! de3（1. ··· dc3   2. dxb4 axc3   3. cb2 cd2   4. bc3 dxb4   5. ab2+）

　　2. ab2 ab4（2. ··· ef2   3. de3 fxd4   4. bc3 dxb2   5. cxa3+）

　　3. dc3! bxd2   4. bc3 dxb4   5. fxd2 hxf4   6. dc3 bxd2   7. cxg5+

19：1. bc3! bxd2   2. ed4 cxe3   3. fe5! fxd4   4. gf6 exg5

　　5. hxf4 exg5   6. cxa7 gf4   7. ab8+

20：1. dc5! bxd4   2. dc3 bxd2   3. cxg5 axc1   4. gh6 cxg5

　　5. hxf4! gf6   6. fg5 fe5   7. gf6 exg7   8. hg5+

21：1. ef6! exg5   2. ab2 fxd4   3. bc3 dxb2 (bxd2)

　　4. cxa7 gf4   5. ab8 fe3   6. bh2! ed2   7. hg3 hxf2   8. gxc1+

22：1. bc5! dxb4   2. fxd6 cxe5   3. axc7! bxd6   4. dc3 dxb2 (bxd2)

　　5. cxg5 hxf4   6. hg5 fxh6   7. gf4 exg3   8. hxf4+

23：1. bc5 bxd4   2. de3! fxb4   3. fg3 hxf4   4. bc3 dxb2 (bxd2)

　　5. cxe3 hg7   6. gh2 gf6   7. ef4 exg3   8. hxf4+

24：1. ef2! fe3（1. ··· fg7   2. fe3）   2. dxf4 gxg1   3. gf4 exg3

　　4. hxf2 gxe3   5. dxf2 bxd4   6. cxg7 axc3   7. bxd4+

25：1. fe5! dxf4   2. de3 fxd2   3. ba5 dxb4   4. axc7 dxb6

　　5. hg5 hxf4   6. fe3 fxd2   7. exc7+

26：1. bc5! ba7   2. gh2 ef4   3. cb4! axe5   4. cb2 bxd4

　　5. de3 fxd2   6. hxd6 exc5   7. exg7+

27：1. de5! fxd4   2. ab4 axc3   3. dxb4 cxa3   4. exe7 dxf6

　　5. fg5 hxf4   6. fg3 hxf2   7. exg7+

28：1. fg5! hxf4   2. exe7 dxf6   3. de3 bxf4   4. fg3 hxf2

　　5. exg7 cd4   6. gh8 de3   7. hc3 ef2   8. hg3 fxh4   9. ce1+

29：1. fg5! hxf4   2. gxc7 bxd6   3. hg5 fxh4   4. dc3 bxf4

　　5. fg3 hxf2   6. exc7 ed6   7. cxe5 fe7   8. hg3 hg7   9. gh4

30：1. ab6! cb4   2. axc5 dxb4   3. gh2! axc5   4. fg5 hxf4

　　5. gxg7 hxf6   6. dc3 bxf4   7. fg3 hxf2   8. exg7+

31：1. ed4! gf6（1. ··· ef4   2. fg3 hxf2   3. exe5+）   2. dc5 dc7

　　3. cd6! ef4   4. bc5 cxe5   5. cd6 exc7   6. fg3 hxf2   7. exg7+

32：1. cd6! exe3（1. ··· axe3   2. hg3）

　　2. hg3 axc5   3. gf6 gxe5   4. gf4 exg3   5. hxb6 fe7

　　6. ba7 ed6   7. ab8·dc7   8. ba7 de5   9. ae3 cd6

　　10. eh6! ed4   11. hf8 de5   12. fg7+

33： 1. cb4! cd4　　　2. be5! dc3　　　3. fg3 bxd4　　　4. gf2 hxf4

　　 5. ab4 cxa5　　　6. fe3 fxd2 (dxf2)　　7. exg7+

34： 1. cd2! axc1　　　2. fg5 hxf4　　　3. exa3 cxg5　　　4. fe3 gxb4

　　 axc5 de7　　　6. hg3 hxf2　　　7. gxe3+

35： 1. cd4! cxe3　　　2. hg3 axc5　　　3. ef6 gxe5　　　4. gh4 exg3

　　 5. hxf6 hxf4　　　6. de3+

36： 1. gf4 gh4　　　2. fg3hxf2　　　3. cb4 axc5　　　4. dxb6 fxd4

　　 5. fg! fxh4　　　6. bc7 dxb6　　　7. axe7 fxd6　　　8. hg3 hxf2　　9. gxe7+

37： 1. hg7! fxh6　　　2. fe5 dxf4　　　3. exg5 hxf4　　　4. de3 fxd2

　　 5. de5 fxd4　　　6. bc3 dxb2　　　7. hg3 hxf2　　　8. gxa7+

38： 1. de5! fxd4　　　2. ab4 axc3　　　3. dxb4 cxa3　　　4.e xe7! dxf6

　　 5. fg5 hxf4　　　6. fg3 hxf2　　　7. gxe7+

39： 1. cd6! exc5　　　2. ed4 cxe3　　　3. cb4 axc5　　　4. gf4 exg3

　　 5. hxd8 gh4　　　6. dxg5 hxf6　　　7. cd2+

40： 1. gf2! bxd2　　　2. ef6 gxe7　　　3. ab6! cxa5　　　4. fg5 hxf4

　　 5. gxc7 bxd6　　　6. fg3 dxf4　　　7. gxc7 ed6　　　8. cxe5 fe7　　9. hg3+

41： 1. bc7! dxb6　　　2. cb2! exc1　　　3. ab4! cxa3　　　4. axe3 cxf4

　　 5. gxg7 gf4　　　6. gf8 fe3　　　7. fh6 ef2　　　8. hg3 fxh4

　　 9. hf4 ba7　　　10. fc7+

42： 1. hg3! fxh2 (dxb2)　　2. hg5 dxb2 (fxh2)　　　3. dc3 bxd4

　　 4. fg3 hxf4　　　5. gxa7 ed4　　　6. ab8 dc3　　　7. bf4 hg7

　　 8. hf8 cb2　　　9. hg7+

43： 1. gf6! exg5　　　2. cb4! axe1　　　3. gh4 exg3　　　4. hxb6 cxa5

　　 5. ef4 gxe5　　　6. ab4 axc3　　　7. bxh8+

44： 1. bc5! dxd2　　　2. cxc5 bxd4　　　3. ab4 cxc3　　　4. fe3 dxf2

　　 5. bxh4 fe1　　　6. gf2 exg3　　　7. hxf2

45： 1. ed4! cxe3　　　2. ab6 cxa5　　　3. hg5 fxh4　　　4. cb4 axc3

　　 5. bxh8 ed2　　　6. hg3 hxf2　　　7. gxc1

46： 1. cb4! dc7 (1. ⋯ ba5　2. bc5+)　　2. bc5! bxd4　　　3. hg3 hxf2

　　 4. gxc5 fxh4　　　5. cb6 cxa5　　　6. ab4 axc3　　　7. bxd8+

47： 1. gxf4! fxd4　　　2. hg3 de3　　　3. fe5 exc1　　　4. ab6 axc5

　　 5. ed6 cxe7　　　6. gf4 cxg5　　　7. hxd8+

48： 1. hg5 fxh4　　　2. ab6 cxa5　　　3. cb4 axc3　　　4. fe3 dxf2 (4. ⋯ fxd2

　　 5. cxe7 hxf2　6. gxe3 fxd6　7. bxh8; 4. ⋯ hxf2　5. exe7 fxd6　6. gxg5 hxf4

　　 7. bxh8+)　　　5. bxh8 fe1　　　6. gxc7 bxd6　　　7. gf2 exg3　　　8. hxf4+

49： 1. dc5! exg1 (1. ⋯ bxd4　2. hg3)　　2. hg3 bxd4　　　3. ef2 gxe3

　　 4. gf4 exg3　　　5. cxg7 hxf8　　　6. ab4 axc3　　　7. bxf6+

50：1. cb2! fe5　　　2. fg3 hxd4　　　3. de3! exg3　(3. ··· dxf2　4. ge3 exg3

　　 5. ed4 cxe3　6. cb4 axc3　7. bxh8+)

　　 4. cxc7 bxd8　　5. ed4 dxe3　　　6. ab4 axc3　　　7. bxh8+

51：1. cb4! gh6　(1. ··· ba5　2. fe5!)　2. ef2! fg7　(2. ··· ba5　3. gf6! +)

　　 3. gh2! ba5　(3. ··· gf6　4. cd2 fxh4　5. fe5 dxf4　6. bxb8+)

　　 4. hg3! axc3　　5. cd2 cxe1　　　6. gh4 exe5　　　7. gf6 exg5　　　8. hxd8+

52：1. cd2! axc1　　2. cd4 exe1　　　3. gh4 exe5　　　4. hxd8 cxf4

　　 5. hg7 hxf6　　6. dxc1 de5　　　7. ce3 bc7　　　8. ea7! ef4　　9. ab8+

53：1. cb6! cd6　　2. bc7 de5　　　3. hg3! bxd6　　　4. dc5 dxb4

　　 5. ef4 gxe3　　6. dxf8 bxd2　　　7. cxe3+

54：1. cd4! cxe3　(1. ··· hxf2　2. dxd8+；1. ··· exc3　2. cd2 hxf2　3. dxf8+)

　　 2. ed2 hxf2　　3. dxf8 fe1　　　4. cb2 eh4　　　5. gf2 hxe1

　　 6. bc3 exb4　　7. fxa3+

55：1. fg3! cd4　　2. ab6 axc5　　　3. cd2! cxe1　　4. exc3 exa5　(gxe5)

　　 5. ab2 gxe5　　6. bc3 axg5　　　7. hxd8+

56：1. ef4!　(1. bc7? dxb6　2. axc7 dc5　3. cd8 bc7　4. dxd4 exc3=)　exe1

　　 2. bc7 dxb6　　3. axg7 fxh6　　4. cb2 axc1　　5. gf2 exg3

　　 6. hxf4 cxg5　　7. hxd8+

57：1. cd2　(1. cb2? hg5!　2. fxf8 ab4　3. exg7 cxa1　4. fxa3 axh8=)　ab4

　　 2. hg5! fxh4　　3. fg3 hxf2　　4. dc3 bxd2　　5. fg5 hxf4

　　 6. exc3 cxe5　　7. dxh8+

58：1. ab4! cxc1　　2. ed4 cxg5　　　3. dxd8 gh4　(3. ··· gc1　4. gf4 cxg5

　　 5. dxh4+)　4. cb4! hxe1　(4. ··· axc3　5. dxe1 hxf2　6. exb8+)

　　 5. dh4 axc3　　6. gf2 exg3　　　7. hxh8+

59：1. fe5! fxd4　　2. ef4 gxe3　　　3. bc3 dxb2　　　4. fxd8 hxf2

　　 5. axc1! fe1　　6. da5 eh4　　　7. gf2 hxe1　　　8. cd2 exc3　　9. axe1+

60：1. cd4! exc3　(1. ··· axc3　2. dxh8+)　　　　　　　2. ed4 cxe5

　　 3. de3 axc3　　4. cd6 exc5　　　5. ed4 cxe3　　　6. fxh8 hxf2　7. hxa1+

61：1. dc3! gxe3　　2. ab4 cxa3　　　3. cb4 axc5　　　4. bc3 dxb2

　　 5. fxh8 ba1　　6. cb2 axc3　　　7. hxa1+

62：1. hg3! bxd4　　2. gf4 gxe3　(2. ··· exg3　3. cxe5 fxd4　4. hxh8+)

　　 3. hg5 fxh4　　4. ba3 dxb2　　　5. fxh8 ba1　　　6. cb2 axe5　7. hxa1+

63：1. ab6! cxa7　　2. cd4 exc3　　　3. gxg7 fxh6　　　4. ed2 cxe1

　　 5. cb2 axc1　　6. gf2 exg3　　　7. hxf4 cxg5　　　8. hxd8+

64：1. gh4! gf4　　2. dc5! bxd4　　　3. de3 fxd2　　　4. cxc5 axc1

　　 5. cb6 axc5　　6. hg5 hxf4　　　7. ed2 cxe3　　　8. fxh8+

65: 1. cb6! cxa5　　 2. bc5! dxd2　　 3. ab4 axc3　　 4. ed4 cxe5

　　 5. fxf8 hxf4　　 6. cxg5 hxf4　　 7. fxd2+

66: 1. ef6! gxe5　　 2. de3 fxd2　　 3. hxf8 de1　　 4. cd2! exc3

　　 5. fb4! ce5 (5. ⋯ ce1　6. bc3 exb4　7. axc5+)　 6. bc3 exb2

　　 7. axc3 ab6　　 8. ab4+

67: 1. fg5 hxf4　　 2. ab6 cxa5　　 3. cd4 axe5　　 4. ed2 dxb4

　　 5. dc3 bxd2　　 6. cxg5 fxh4　　 7. hxf8+

68: 1. hg5! fg3　　 2. gh2 hxf4　　 3. de3 fxd2　　 4. hxf8 dc1

　　 5. fh6 hg7　　 6. hxf8 ce3　　 7. ed2 exc1　　 8. fh6+

69: 1. cd2! ed6　　 2. cb4 axc3　　 3. dxb4 ba5　　 4. gh2! axc3

　　 5. ed2 cxe1　　 6. gh4 exg3　　 7. hxf8+

70: 1. hg5! gf6　　 2. gh4 exg3　　 3. ed4! cxc1 (3. ⋯ hxf4　4. de3)

　　 4. gh2 hxf4　　 5. fe3 fxd2　　 6. exg7 fxh6　　 7. hxf4 cxg5　 8. hxd8+

71: 1. bc5! dxd2　　 2. exc3 axc5　　 3. ed4 cxg5　　 4. cb4 axc3

　　 5. cd2 cxge1　　 6. gf2 exg3　　 7. hxb8+

72: 1. cd2! exc1　　 2. ab4 cxh6　　 3. ed2 hxc1　　 4. bc5 dxb4

　　 5. axg7 fxh6　　 6. gf4 cxg5　　 7. hxd8+

73: 1. ed4! cxg5　　 2. ab4 dxf4　　 3. fe3 fxd2　　 4. cxe1 axc3

　　 5. ed2 cxe1　　 6. gf2 exg3　　 7. hxb8+

74: 1. ed4! cxg5　　 2. ab2 cxa1　　 3. ef6! axg7　　 4. ab4 axc3

　　 5. ed2 cxe1　　 6. gf2exg3　　 7. hxb8+

75: 1. cb6! axc7　　 2. fe3 fxd2　　 3. cxe1 exa5　　 4. ab4 axc3

　　 5. ed2 cxe1　　 6. gf2exg3　　 7. hxb8+

76: 1. ab4! cxa3　　 2. cd2 axc1　　 3. cd4! exc3　　 4. dxb4 cxf4

　　 5. fg3 axc3　　 6. gxc7 bxd6　　 7. ed2 cxe1　　 8. gf2 exg3

　　 9. hxf8 fe5　　 10. hg5=

77: 1. ba3! hxf6　　 2. ab4 axc3　　 3. cd2 cxe1　　 4. gh4 exg3

　　 5. hxb8 dc3 (5. ⋯ de3　6. bc7 ed2　7. hg5 fxh4　8. cg3 hxf2　9. gxc1+)

　　 6. hg5! fxh4　　 7. be5 cd2　　 8. eg3 hxf2　　 9. gxe1+

78: 1. ed4! exc3　　 2. ab2! cxa1　　 3. gf4 gxe3　　 4. fxd4 axe5

　　 5. ab4 axc3　　 6. ed2 cxe1　　 7. gf2 exg3　　 8. hxb8+

79: 1. hg5 fxh4　　 2. gf4 exg3　　 3. cxe5! dxf4　　 4. bc5 bxd4

　　 5. de3 fxd2　　 6. exe5 gxe1　　 7. ef6 gxe5　　 8. gf2 exg3　　 9. hxb8+

80: 1. ef2! cxe1　　 2. fe5 fxd4　　 3. hxf6 gxe5　　 4. gh4 exg3

　　 5. hxb8 dxf2　　 6. hg5 hxf4　　 7. bxa5+

81: 1. ed4! exc3　　 2. ef2 cxe1　　 3. bc5 dxb4　　 4. axc3 exa5

　　 5. cd2 axe1　　 6. gh4 exg3　　 7. hxf6 gxe5　　 8. hxb8+

82: 1. de3 fxd4　　2. cxe5! axa1　　3. cd2! axf6　　4. ed4 fxe1
　　5. gh4 exg3　　6. hxf6 gxe5　　7. hxb8+

83: 1. cb6! axc7　　2. gf6 exg5　　3. cd4 exc3　　4. ed2 cxe1
　　5. gh4 exg3　　6. hxf6 gxe5　　7. hxb8+

84: 1. cd6! exc7　　2. de5 fxb2　　3. axc1 axc3　　4. cd2 cxe1
　　5. gh4 exg3　　6. hxf6 gxe5　　7. hxb8+

85: 1. cb2! axc1　　2. cd4 exe1　　3. ef4 cxg5
　　4. hxf6 exg5　(4. … gxe5　5. gh4 exg3　6. hxb8+)
　　5. gh4 exg3　　6. hxf6 gxe5　　7. hxb8+

86: 1. cb4! axe1　　2. cb2 axc1　　3. ed5 fxd4　　4. exc5 cxg5
　　5. hxf6 exg5　(5. … gxe5　6. gh4 exg3　7. hxb8+)
　　6. gh4 exg3　　7. hxf6 gxe5　　8. hxb8+

87: 1. cb2! axc1　　2. de5 fxd4　　3. exa3 cxg5
　　4. hxf6 exg5　(4. … gxe5　5. ab4 axc3　6. ed2 cxe1　7. gh4 exg3　8. hxb8+)
　　5. ab4 axc3　　6. ed2 cxe1　　7. gh4 exg3　　8. hxf6 gxe5　9. hxb8+

88: 1. cb2! axc1　　2. cd4! exc3　　3. dxb4 cxf4　(3. … axc3　4. ef4 cxg5
　　5. hxf6 gxe5　6. de2 axe1　7. gh4 exg3　8. hxb8+)
　　4. gxe5 axc3　　5. ef6 gxe5　　6. ed2 cxg3　　7. hxb8+

89: 1. ef4! gxe3　　2. hg5! fxh4　　3. gf4 exg5　　4. de5 dxf4
　　5. fe3 fxd2　　6. cxe1 axc3　　7. ed2 cxe1　　8. gf2 exg3　9. hxb8+

90: 1. de3! dxh4　　2. ba3 bxd2　　3. cxe7 dxf6　　4. ab4 axc3
　　5. ed2 cxe1　　6. gf2 exg3　　7. hxb8+

91: 1. bc3! dxb2　　2. dc3 bxd4　　3. hg5! axc3　　4. gxc5 dxb4
　　5. ed2 cxe1　　6. gh4 exg3　　7. hxf8 ha3　　8. hg5 hxf4　9. fxc1+

92: 1. bc5! bxb2　(1. … dxb4　2. axe7+)　　　　2. dc3 bxd4
　　3. exe7 dxf6　　4. ab4 axc3　　5. cd2 cxe1　　6. gh4 exg3　7. hxb8+

93: 1. hg5! hxf4　　2. dc5 dxd2　　3. cxg5 fxh4　　4. ab4 axc3
　　5. ed2 cxe1　　6. gf2 exg3　　7. hxb8+

94: 1. hg5! hxf4　　2. de3 fxd2　　3. ba5 dxb4　　4. axg5 exc3
　　5. gf6 gxe5　　6. ed2 cxe1　　7. gh4 exg3　　8. hxb8+

95: 1. ab4! cxc1　　2. cb4 axc3　　3. dxb4 cxf4　　4. fe3 fxa5
　　5. ed2 axe1　　6. gf2 exg3　　7. hxb8+

96: 1. cd6! exc5　　2. dxb6 fxb2　　3. hxh8 bc1　　4. dc3! cxg5
　　5. cb4 axc3　　6. hxa1 cxa5　　7. ab4 axc3　　8. axh4+

97: 1. bc3! bxd2　　2. ab4 cxa3　　3. cb2 axc1　　4. de5 fxd4
　　5. exc5 bxd4　　6. fe3 dxf2　　7. gxc3 cxg5　　8. hxd8+

98： 1. ef4! g×e3　　2. gf4 e×g5　　　3. cb2! a×c1　　4. ab2 c×a3

　　　 5. ba5 a×d6　　6. bc7d×b6　　　7. a×g7 f×h6　　8. h×d8+

99： 1. ed4! c×g5　　2. a7×c5 b×d6 （2. ⋯ h×f4　　3. gf2）

　　　 3. gf2 h×f4　　4. fe3 f×d2　　　5. bc3 d×b4　　6. a×e7 f×d8　7. h×h8+

100： 1. cd2! a×c1　　2. ab2 c×a3　　　3. cd4 e×c3　　4. d×d6 a×e7

　　　 5. ab6 a×c5　　6. ed4 c×e3　　　7. gf4 e×g5　　8. h×d8+

图书在版编目（CIP）数据

国际跳棋战术组合. 64 格巴西规则 / 杨永，常忠宪，
张坦编著. —北京：人民体育出版社，2011.8
ISBN 978-7-5009-4001-2

Ⅰ.①国… Ⅱ.①杨…②常…③张… Ⅲ.棋类运动–
基本知识 Ⅳ.①G891.9

中国版本图书馆 CIP 数据核字（2010）第 241877 号

＊

人民体育出版社出版发行
三河兴达印务有限公司印刷
新 华 书 店 经 销

＊

787×1092 16 开本 12 印张 255 千字
2011 年 8 月第 1 版 2011 年 8 月第 1 次印刷
印数：1—6,000 册

＊

ISBN 978-7-5009-4001-2
定价：25.00 元

社址：北京市东城区体育馆路 8 号（天坛公园东门）
电话：67151482（发行部）　　邮编：100061
传真：67151483　　　　　　　邮购：67118491
网址：www.sportspublish.com
（购买本社图书，如遇有缺损页可与发行部联系）